국어 교과서 작품 읽기

중2 소설

국어 교과서 작품 읽기: 중2 소설

초판 1쇄 발행 • 2010년 11월 15일
개정판 1쇄 발행 • 2013년 11월 15일
개정2판 1쇄 발행 • 2018년 12월 10일
최신 개정판 1쇄 발행 • 2025년 11월 7일
최신 개정판 2쇄 발행 • 2025년 11월 14일

엮은이 • 김미영 서덕희
펴낸이 • 염종선
책임편집 • 정편집실 이현선
조판 • 박지현
펴낸곳 • (주)창비
등록 • 1986년 8월 5일 제85호
주소 • 10881 경기도 파주시 회동길 184
전화 • 031-955-3333
팩스 • 영업 031-955-3399 편집 031-955-3400
홈페이지 • www.changbi.com
전자우편 • ya@changbi.com

ISBN 978-89-364-3163-1 44810
ISBN 978-89-364-3161-7 (전3권)

국어 교과서 작품 읽기

중2 소설

김미영 · 서덕희 엮음

창비

'국어 교과서 작품 읽기' 최신 개정판을 펴내며

국어는 왜 어려울까요? 우리말과 글을 이미 능숙하게 쓰고 있는데도 국어 과목이 너무 어렵다며 푸념을 늘어놓는 청소년들을 종종 만납니다. 국어를 배우는 시간을 자신과 세상을 이해하고 성장하는 과정으로 생각해 보면 어떨까요? 국어는 읽고 쓰는 기능뿐 아니라 우리말과 글의 아름다움을 느끼고 가치를 내면화하면서 세상과 소통하는 법을 배우는 과목입니다. 다양한 삶의 모습이 담긴 문학 작품은 인간과 세계를 깊게 이해하는 통로가 되어 주지요. 작품 속 이야기를 거쳐 다시 우리가 발 딛고 있는 현실로 돌아와 앞으로 어떤 삶을 살아갈지 고민하게 된다면, 그것이 바로 성장의 과정이라 할 수 있습니다.

2025년 중학교 1학년부터 적용된 '2022 개정 교육과정'은 미래 변화에 대응하는 역량을 강조합니다. 디지털 사회로의 전환, 기후 환경의 변화, 출생 인구의 감소 등 우리는 이미 전과 다른 세상을 살고 있습니다. 이런 변화에 발맞추어 새로운 국어 교육과정에서는 디지털·미디어 역량을 기르기 위한 '매체' 영역이 추가되었습니다. 디지털 기기를 활용하는 것에서 그치지 않고,

매체 자료를 비판적으로 이해하고 자신의 생각을 창의적으로 표현하는 것을 목표로 합니다. 이처럼 미래를 잘 맞이하려면 단순히 새로운 기술을 습득하는 것을 넘어, 변화된 환경 속에서 자신의 삶을 주도적으로 살아갈 수 있어야 합니다. 이를 위해서는 나를 둘러싸고 있는 세상을 읽어 낼 수 있는 힘을 갖추어야 하지요. 문해력을 기르는 이유도 단순히 성적을 몇 점 올리기 위해서가 아니라 삶을 가꾸기 위해서입니다.

'국어 교과서 작품 읽기' 최신 개정판에서는 새로 바뀐 중학교 2학년 국어 교과서 10종에 실린 문학 작품을 시, 소설, 수필·비문학 갈래별로 가려 모았습니다. 학교에서 배우는 교과서에 실린 작품뿐만 아니라 함께 보면 좋을 작품을 엄선하고, 작품을 깊이 있게 이해하도록 돕는 다양한 활동을 구성했으며, 시험을 대비하고 실전 감각을 기를 수 있는 예상 문제를 포함했습니다. 낯선 교복과 새로운 터전에 적응을 마친 중학교 2학년은 몸과 마음이 부쩍 자라는 시기입니다. 자유학기제 이후 학업에 대한 부담이 커지고 진학과 진로에 대한 현실적인 고민도 싹트기 시작하지요. 그 과정에서 막연한 불안감과 초조함을 감추기 위해 마음의 벽을 쌓아 올리기도 합니다. 어느새 높아진 벽 앞에 혼자 남지 않도록, 시선을 들어 세상과 소통하며 자신의 생각을 정리해 나갈 수 있는 수록작을 꼽고 도움 글을 실었습니다. 다양한 삶의 모습이 담긴 작품을 통해 위로와 격려를 받기도 하고, 글쓴이의 생각에 공감하거나 반박하는 연습을 하며,

스스로 생각하는 힘을 기를 수 있을 것입니다.

앞으로는 예전과는 다른 시선으로 세상을 바라보는 일이 많아질 거예요. 새로운 시선으로 나와 주변을, 또 사회를 살피다 보면 세상에는 다양한 생각이 있고, 사람들은 각자 자신의 관점에서 세상을 이해한다는 점을 느끼게 됩니다. 같은 사건도 사람에 따라 전혀 다른 기억과 경험으로 남을 수 있다는 점도 알게 될 거예요.

『국어 교과서 작품 읽기: 중2 소설』은 국어 교과서에 실린 7편의 소설을 가려 뽑고, 교과서 밖 소설 1편을 더해 총 8편을 실었습니다. 개정 교육과정의 성취기준을 바탕으로 1부 '마음이 자라는 시선', 2부 '세상을 향한 시선'으로 구성했습니다. 지금의 청소년과 호응할 수 있는 동시대의 좋은 작품, 여러 교과서에서 공통적으로 배우는 주요 작품, 이제는 고전이 된 세계 문학까지 두루 엮었습니다.

1부에 실린 작품들은 소설의 '시점'이 가져오는 효과를 알게 합니다. 여러분 또래가 1인칭 주인공이 되어 말할 때와 여섯 살짜리가 이야기를 전달할 때의 분위기는 많이 다릅니다. 같은 사건에 대해 각자의 관점에서 두 사람이 들려주는 말을 듣는다면 독자들은 사건을 종합적이고 입체적으로 이해하는 경험을 할 수도 있습니다. 또한 작가가 특정 인물에 밀착하여 사건을 서술하는 경우 독자는 작가와 함께 이야기를 만들어 가는 느낌을 받을 정도로 몰입감을 느끼기도 합니다.

2부에 실린 작품들은 시대와 지역을 넘나들며 인간 사회의 다양한 모습을 비춥니다. 부패한 권력, 탐욕과 이기심으로 가득한 이들을 풍자하는 작품들은 씁쓸한 웃음을 선사하는 한편, 세상을 비판적으로 바라보는 법을 알려 줍니다. 역사의 비극을 딛고 일어서고자 애쓰는 아버지와 아들은 절망적인 상황 속에서 우리를 일으키는 것이 무엇인가 생각하게 합니다.

작품을 읽은 다음에는 깊이 있는 소설 감상을 돕기 위해 마련해 둔 활동에 참여해 보세요. 이야기를 되새기며 풍성하게 감상할 수 있을 거예요. 이 책에는 지필고사 준비에 참고할 만한 논술형 예상 문제가 실려 있습니다. 문제를 푼 다음에는 예시 답안과 채점 기준을 함께 살펴보며 정답을 다시 한번 고민해 보길 바랍니다. 이야기에 몰입하고, 생각하고, 활동하며 쌓은 시간들이 여러분에게 든든한 힘이 되어 주면 좋겠습니다.

2025년 11월

김미영 서덕희

차례

일러두기

1. ‘2022 개정 교육과정’에 따른 중학교 검정 교과서 10종 『국어』 2-1, 2-2에 수록된 소설 중에서 7편을 가려 뽑고, 교과서 밖의 소설 1편을 더해 총 8편을 수록했습니다.
2. 작품이 수록된 단행본을 원본으로 삼아, 교과서에 실릴 때 수정되거나 삭제된 대목을 원문대로 살려 놓았습니다.
3. 표기는 원문에 충실히 따르는 것을 원칙으로 하되 맞춤법과 띄어쓰기는 최대한 현행 표기법을 따랐습니다.
4. 본문 아래쪽에 낱말 풀이를 달았습니다.
5. 활동 예시 답안은 창비 홈페이지(www.changbi.com)의 ‘도서 > 자료실 > 어린이 청소년 자료실’에 있습니다.

1부

마음이 자라는 시선

여는 글

같은 사건을 겪어도 서로 다른 이야기를 하는 경험, 한 번쯤 해 보았을 거예요. 그것은 사람마다 사건을 바라보는 관점과 감정, 생각이 다르기 때문입니다. 누구의 시선으로 바라보고 말하느냐에 따라 전혀 다른 세상이 펼쳐집니다. 소설도 마찬가지입니다. 같은 사건이라도 서술자가 누구냐에 따라 이야기의 분위기와 의미가 달라집니다. 그래서 작가는 독자에게 이야기를 들려줄 때 어떤 눈으로 세상을 보여 줄지 신중하게 선택합니다.

시점에는 '나'가 주인공이 되어 직접 겪은 일을 말하는 1인칭 주인공 시점, 주인공이 겪는 일을 곁에서 전하는 1인칭 관찰자 시점, 작가가 등장인물을 객관적으로 바라보는 3인칭 관찰자 시점, 그리고 인물의 속마음과 시간의 흐름까지 아는 3인칭 전지적 작가 시점이 있습니다. 어떤 방식을 택하느냐에 따라 독자는 인물과 사건을 가깝게 느끼기도 하고, 거리감을 두고 관찰하기도 합니다.

1부 '마음이 자라는 시선'에는 성석제의 「내가 그린 히말라야시다 그림」, 주요섭의 「사랑손님과 어머니」, 김민령의 「창가 앞에서 두 번째 자리」, 알퐁스 도데의 「코르니유 영감님의 비밀」을 실었습니다. 이 작품들을 통해 '시점의 차이'가 어떻게 이야기를 깊고 다채롭게 만드는지 경험해 보세요. 사생대회에서 선규에게 벌어진 일, '옥희'의 시선으로 전해지는 어머니와 아저씨의 사랑, 모은이의 친구 애나의 비밀, 괴팍하게 구는 영감님을 복잡한 마음으로 관찰하는 '나'. 서술자의 시점에 따라 같은 사건이 전혀 다르게 느껴집니다.

말하는 이의 시선에 주목하며 읽는 즐거움을 지금부터 함께 느껴 봅시다. 어느새 이야기 속으로 깊이 빠져들고, 다른 사람의 마음을 공감할 수 있는 따뜻한 시선을 가진 사람으로 성장한 자신을 발견하게 될 것입니다.

내가 그린 히말라야시다 그림

성석제

성석제

소설가. 1960년 경북 상주에서 태어나 연세대 법학과를 졸업했다. 1994년 소설집 『그곳에는 어처구니들이 산다』를 펴내면서 소설을 쓰기 시작했다. 지은 책으로 소설집 『황만근은 이렇게 말했다』 『내 인생의 마지막 4.5초』 『어머님이 들려주시던 노래』, 장편소설 『왕을 찾아서』 『인간의 힘』 『투명인간』, 산문집 『소풍』 『농담하는 카메라』 『칼과 황홀』 『꾸들꾸들 물고기 씨, 어딜 가시나』 등이 있다.

✳ 읽기 전에 ✳

혹시 친구들 싸움에 끼어 곤혹스러운 경험을 한 적 있나요? 두 친구는 상대방이 먼저 잘못했다며 서로를 흉봅니다. 아마 두 친구 모두 자신의 입장에서 하소연을 할 테니 여러분은 전혀 다른 이야기를 들을 수도 있습니다. 이럴 때 두 친구와 여러분 중에 누가 이 상황을 제대로 파악하고 진실에 가까운 것을 전달할 수 있을까요? 여기 두 명의 '나'가 번갈아 가며 어릴 적 '말할 수 있었지만 말하지 않은' 사건에 대해 들려줍니다. 소년과 소녀가 했던 순간의 선택이 그들의 삶에 어떤 영향을 주게 될까요? 그리고 오늘 여러분은 어떤 선택들을 하고 있나요?

0

그때 말해야 했을까? 아니, 모르겠어. 다시 그때가 된다면 내 입으로 말할 수 있을까. 아니, 그것도 몰라. 내가 아는 건 내가 말할 수 있었지만 말하지 않은 그 일 때문에 내 삶이 달라졌다는 거야. 그래, 달라졌어. 그 일이 아니었다면 나는 다른 직업을 가졌겠지. 남을 속이는 교활한 장사꾼? 명령에 충실하게 따르는 군인? 뭘 했을지는 몰라도 지금처럼 그림을 그리고 있지는 않겠지.

그 일이 일어난 건 내 탓이 아냐. 그건 확실히 그렇다고 말할 수 있어. 우연이야. 아니 누군가의 실수지. 내 실수는 아니라구.

나는 그림에 천재적인 재능이 있어. 겉으로 보면 그래. 지금 내가 그린 그림이 우리나라에서 가장 유명한 화랑*의 벽을 장식하고 값비싸게 팔리고 있는 것만 봐도. 이런 척도*를 속물

* **화랑** 그림 따위의 미술품을 전시하여 관람하도록 만든 장소.
* **척도** 평가하거나 측정할 때 근거로 삼는 기준.

적*이라고 해도 할 수 없어. 사실이 그러니까. 내가 재능이 없으면 내 그림을 산 사람들이 엄청나게 손해를 보게 되겠지. 그러니까 아무도 의심하지 않아.

나 혼자 내 재능을 의심하지. 나를 의심해 왔지. 그날 그 일이 있은 뒤부터. 혼자서만, 조용히, 아무도 모르게, 그 누구도, 나를 미술의 길에 들어서게 한 아버지도 모르게, 만난 이후 수십 년 동안 내가 그림을 그릴 때마다 격려하고 내가 벽에 막혀 더 나가지 못하고 서성거리거나 좌절할 때마다 나를 위로해 준 내 아내도 모르게. 내게 이런저런 상을 안겨 준 평론가들, 원로*들, 스승들이라고 알 수 있었겠어? 나는 이런 내 마음속을 들키지 않으려고 무진* 애를 썼지. 내가 타고난 재능을 한 번도 의심해 본 적이 없는 것처럼 말하고 다녔지. 고개를 쳐들고 상대의 눈을 쏘아보며.

생각해 봐야겠어. 왜 그 일이 생겨났는지. 그 일은, 그 사건의 싹은 초등학교 3학년 때 자라기 시작했어. 그래, 천수기 선생님. 천 선생님이 내 담임 선생님이 되면서부터야. 선생님은 아버지의 초등학교 동창이었어. 졸업생이 스무 명도 안 되는 학교의 동창. 두 사람은 그 졸업생 중에서도 가장 친한 친구였지. 한 사람은 교사가 되었지만 한 사람은 그렇게 되고 싶어 하

* **속물적** 교양이 없거나 식견이 좁고 세속적인 일에만 신경을 쓰는.
* **원로** 한 가지 일에 오래 종사하여 경험과 공로가 많은 사람.
* **무진** 끝이 없을 만큼 매우.

던 화가가 못 되고 농사를 짓는 사람이 되었어. 졸업한 이후 각자 서른 살이 되기까지 만나지 못했지만 서로를 잊지 않고 있었지.

아버지는 염소를 팔러 나갔다가 장터에서 선생님과 마주쳤어. 두 사람은 십수 년 만에 만난 어린 시절 친구를 금방 알아보지는 못했어. 선생님은 밀짚모자를 쓰고 흙탕물이 튄 옷을 입은 농부에게서 어린 시절 친구의 모습을 떠올리면서 그의 행동을 유심히 바라보고 있었지. 선생님이 지켜보는 동안 아버지의 염소가 팔렸고 아버지는 돈을 손에 든 채 읍내에 하나밖에 없는 화방*으로 갔다지. 그걸 보고 선생님은 아버지가 어린 시절 친구라는 걸 확신했지. 군 전체 인구가 20만 명, 읍내에 사는 인구가 5만 명 정도밖에 안 되는 작은 도시에서 화방까지 가서 그림 재료를 살 사람은 흔치 않았지. 미술 선생님이라면 그럴 수도 있겠지만 아버지는 장화를 신고 염소의 목에 달려 있던 방울을 손에 쥔 농부였어. 선생님은 아버지를 뒤따라 화방 안으로 들어갔고, 두 사람은 거기서 서로에게 남아 있는 어릴 때의 옛 모습을 찾아냈지. 다가서서 손을 맞잡았어.

"자네는 어릴 적에 공부를 그리 잘하더니만 결국 아이들 공부를 가르치는 선생님이 되었군. 양복과 자전거가 잘 어울려. 어디 사는가?"

* **화방** 그림 그리는 데에 필요한 기구나 물감 따위를 파는 가게.

선생님이 근무하는 초등학교 근처에 산다고 말하고는 아버지에게 아직도 그림을 그리느냐고 물었어.

"어, 내 아들놈이 지금 열 살이야. 난 아버님의 유언 때문에 그림을 포기한 대신 장가는 일찍 갔다네. 그 애가 그림에 재능이 있는지는 모르겠지만, 내가 그래도 한때 그림을 좀 그렸던 사람으로서 재료는 좋은 걸 써야겠기에 우리 형편에는 좀 과분하지만* 이리로 온 걸세."

아버지는 화방에서 권하는 크레파스와 스케치북을 집어 들었어. 선생님은 아들이 어느 학교에 다니느냐고 물었어. 아버지는 내가 다니는 학교를 말했고 그 학교는 바로 선생님이 막 전근* 온 학교였어. 선생님은 마침 3학년 담임을 맡은 터였지.

"그럼 자네 아들 이름이?"

"선규일세. 백선규."

선생님은 소리 내어 웃었지. 선생님 반에 우연히 내가 있었기 때문에. 이 우연 때문에 내 인생이 달라진 걸까. 아니야. 자신이 담임을 맡은 반에 친구의 아들이 있다는 게 흔한 일은 아니라도 있을 수 있는 일이지. 문제는 그다음이야. 그날 저녁 집에 온 아버지는 내게 말했어.

"읍에서 네 담임 선생님을 만났다. 그 사람이 아버지의 친

* **과분하다** 분수에 넘치는 데가 있다.
* **전근** 근무하는 곳을 옮김.

구더라. 그렇다고 너를 다른 아이들보다 잘 봐줄 거라고 생각하지는 마라. 오히려 이 아비의 얼굴에 먹칠*을 하지 않으려면 다른 아이들보다 훨씬 더 노력해야 한다."

다음 날 아침, 조회가 끝난 뒤에 선생님이 나를 부르고는 복도에 세워 놓은 채 말했어.

"네 아버지가 내 친구라는 걸 들었겠지? 그렇지만 선생님은 친구의 아들이라고 봐주지는 않는다. 뭐든지 더 열심히 해야 해. 알았느냐?"

나는 두 사람 모두에게 고개를 끄덕이며 "예." 하고 대답했지만 두 사람의 마음에 들기 위해 뭘 어떻게 해야 할 줄은 몰랐어. 내가 그때 하고 싶은 건 딱 한 가지, 공을 차는 거였어. 나는 축구를 좋아했어. 아이들과 공을 차며 날이 어두워질 때까지 운동장에서 놀다가 집까지 십 리나 되는 길을 여우를 만날까 도깨비를 만날까 무서워하며 달려가는 일이 거의 매일 반복되고 있었어.

1

난 그림을 좋아해. 오늘도 미술관에 나와서 전시된 그림을 보았어. 유명한 전시회가 열리는 미술관이나 박물관은 어쩌다

* 먹칠 명예, 체면 따위를 더럽히는 짓을 비유적으로 이르는 말.

한 번 가지만 일주일에 한두 번은 화랑과 작은 미술관이 즐비한* 거리를 돌아다니지. 걷고 또 걸으며 돌아다니다 눈과 다리가 아프면 찻집 '고갱과 고흐'로 가곤 해. 여기서 따뜻한 커피를 마시면서 창문 밖으로 걸어가는 사람들의 옷차림과 얼굴빛과 하늘의 색깔을 비교해 보지. 사람의 배경이 되는 나무줄기의 빛깔과 나뭇잎을 흔드는 바람에서 무슨 느낌을 얻기도 해.

바람을 그릴 수 있을까? 바람은 보이지 않아서 그릴 수 없어. 하지만 바람 때문에 휘어지는 나뭇가지, 바람에 뒤집히는 우산을 통해 바람을 표현할 수는 있어. 그런 일이 그림이 할 수 있는 영역이라고 나는 생각하곤 해. 그림에 대한 정의라고 할 수는 없지만, 나는 학자도 비평가도 화가도 아니니까, 그냥 그림을 좋아하고 좋은 그림을 바라보고 있으면 기분이 좋아지는 애호가*로서 내 마음대로 생각할 거야.

물론 진짜 예술가라면 이 세상에 존재하는 모든 것을 표현할 수 있겠지. 바람도 붙들어서 화폭* 안에 고정시키고 구름도 악보 안에 잡아 놓고. 시간도 그렇게 하는 거지. 시간, 시간도 무대와 음악과 화폭 속에 붙들어 영원하게 만들겠지. 좋은 그림을 보고 있으면 시간 가는 줄 몰라. 화가는 가는 시간을 화폭에 담아서 잡아 놓고 다른 사람의 시간은 마냥 흘러가도 모른

* 즐비하다 많이 널려 있다.
* 애호가 어떤 사물을 사랑하고 좋아하는 사람.
* 화폭 그림을 그린 천이나 종이의 조각.

척하는 사람일까? 그럴지도 몰라. 내가 아는 사람이라면, 그렇게 하고도 시치미를 뚝 떼고 "난 잘못한 거 없소." 할 인물이지. 그 사람, 백선규. 나와 같은 고향 출신이고, 같은 초등학교를 나왔는데 어릴 때부터 상이란 상은 다 받고 다니더니 자라서도 한국을 대표하는 화가가 됐어.

'고갱과 고흐'에도 백선규의 작품이 걸려 있지. 진품은 아니고 몇 년 전 어느 대기업의 달력에 인쇄된 그림을 오려서 액자에 넣은 거지. 그 사람 작품, 저만한 크기에 진품이라면 몇천만 원을 할지 몰라. 그런 작품이 이런 가게 벽에 걸려 있다가 누군가 재채기를 하는 바람에 콧물이 튀기라도 한다면 어떻게 해. 누가 코딱지를 문질러 붙이면 어떻게 하겠느냐고. 그 사람 작품은 몽땅, 작업실 바깥으로 나오는 대로 특수하게 설계된 수장고*로 모셔지고 그 안에서 적당한 온도와 습도가 유지되는 가운데 편안히 잠들어 있게 된다지, 아마.

인쇄된 작품이라도 얼마나 정확하게 그린 선인지 보여. 악마가 그려 준 것처럼 동그랗고 선명한 저 원. 원과 원을 연결하는 실낱같은 저 선. 더없이 흰 바탕, 너무나 희어서 마치 없는 듯한 바탕. 흰 눈보다 더 희고 흰 구름보다 더 희고 흰 거품보다 더 흰 저 흰색. 영혼을 팔아서 그 대가로 도깨비가 가져다준 물감을 쓰는 것일까. 그 사람은 어떻게 저 흰색을 만들어 내는

* **수장고** 귀중한 것을 고이 보관하는 창고.

지 말하지 않았지. 원과 선을 그리는 저 검은색은 또 얼마나 검은지. 물감의 검은색보다 검고 숯보다 더 검고 천진무구한 소녀의 눈동자보다 더 검은 저 검은색. 천년 묵은 구미호가 그에게 검정 물감을 가져다주는 것일까. 그는 말한 적이 없어. 그에게는 비밀이 많아 보여.

세상에서 가장 검은 검은색과 세상에서 가장 흰 흰색이 만나, 그의 그림은 보석처럼 벽을 빛나게 하지. 저런 게 예술이 아닐까. 인쇄된 작품이라도 그렇게 보이니 진품은 정말 어떨지 상상이 안 가. 진품이 생산되고 있는 작업실은 아마도 무균실 같을 거야.

0

내 어린 시절 고향 읍내에서는 5월이면 온 군민이 모두 참여하는 군민 체전이 열렸지. 공설* 운동장 주변에는 임시로 장터가 만들어지고 사방이 잔칫집처럼 떠들썩하지. 풍선이 하늘로 날아오르고 솜사탕 만드는 자전거 바퀴가 윙윙 돌고 어디선가 브라스 밴드*의 연주 소리가 쿵쾅쿵쾅 울려 나오고 있어. 브라스 밴드의 연주는 어쩌면 우리들 가슴속에서 대회 기간 내내

* **공설** 국가나 공공 단체가 일반 사람들을 위하여 만들어 설치함. 또는 그런 시설.
* **브라스 밴드** 금관 악기를 중심으로 편성된 악대. 관악대.

울려 퍼지는지도 몰라.

공설 운동장 안에서는 예선을 거쳐 올라온 선수와 팀 들이 경기를 벌여서 우승자를 가리지. 그렇게 사흘 동안 경기가 벌어지고 내가 좋아하는 축구 결승전은 체육 대회 마지막 날, 토요일 오전에 열렸어. 운동장 곁을 지날 때 사람들의 함성만 들어도 내 가슴이 쿵쾅쿵쾅 뛰었지. 내 발은 스펀지가 들어간 듯이 푹신거리고 어서 달려가서 경기하는 걸 보고 싶다는 마음으로 주먹을 꼭 쥔 손바닥이 아팠지.

하지만 초등학교 3학년이던 해 나는 거기에 갈 수 없었어. 선생님이 가지 못하게 했기 때문이지. 내가 축구를 얼마나 좋아하는지 모르니까 그랬겠지만. 몰라서 잘못한 게 잘한 게 되지는 않아. 그 축구 경기를 못 봐서 얼마나 가슴이 찢어질 것 같았는지, 지금도 그 느낌이 생생해. 내가 그걸 얼마나 기다렸는데. 그때 우리 집에는 텔레비전도 없었고 영화를 보러 손을 잡고 극장에 가자는 사람도 없었어. 라디오에서 농촌의 어느 군민 체전 축구 경기를 중계하는 것도 아니었어. 그때 축구 결승전은 한번 보지 않으면 영원히 못 보는, 세상에 단 하나밖에 없는, 단 한 번밖에 상영하지 않는 영화 같은 거였어. 그런데 선생님이 그걸 볼 기회를 빼앗아 간 거야.

"넌 이번에 군 학예 대회* 초등부 사생* 대표로 나가야 한

* **학예 대회** 문학이나 예능 분야의 솜씨나 재주를 겨루는 행사.

다. 반에서 두 명씩 나가서 학교를 대표하는 거다."

군민 체육 대회가 있는 그 주간에 군 전체의 초중고 학생들이 참가하는 학예 대회가 열리고 그 안에 사생(그림) 경연 대회가 있는 건 맞아. 일 년 중 가장 큰 문예* 행사여서 교장 선생님부터 좋은 성적을 낼 수 있게 조바심*을 내며 닦달*을 하는 대회야. 선생님들은 말할 것도 없이 각 분야별로 좋은 성적을 내게 하려고 노력을 했지. 그림 외에도 서예, 합창, 밴드, 글짓기까지 여러 분야가 있는데 그거야 어떻든 간에, 어디까지나 학예 대회는 4학년 이상만 나가는 대회였어. 그런데 선생님은 자신의 친구 아들이 자신의 친구처럼 그림에 대단한 소질이 있다고 믿었어. 친구는 재능을 살리지 못하고 농사를 짓고 있지만 그의 아들에게 최대한의 기회를 주어야겠다고 생각한 거야. 그런데 그 방법이라는 게 정상적인 게 아니었어. 4학년 담임 선생님 중에 자신과 친한 선생님에게 말해서 그 반의 대표로 3학년인 나를 내보내기로 한 거야. 물론 나는 대회에 나가서 내 이름을 쓸 수가 없지. 4학년 5반 대표 중 하나로 나가는 거니까. 하긴 대회장에 가서 보니까 이름을 쓸 필요도 없고 써서도 안 되었지. 혹시 심사 과정에 부정이 있을지도 몰라 대

* **사생** 실물이나 경치를 있는 그대로 그리는 일.
* **문예** 문학과 예술을 아울러 이르는 말.
* **조바심** 조마조마하여 마음을 졸임. 또는 그렇게 졸이는 마음.
* **닦달** 남을 단단히 윽박질러서 혼을 냄.

회에 참가하는 사람들에게 번호를 미리 주고 참가자는 자신의 작품 뒤에 이름 대신 그 번호를 적게 되어 있었던 거지.

그거야 어떻든 상관없었어. 나한테 중요한 건 그 대회가 열리는 날이 축구 결승전을 하는 날이었다는 거야. 내가 좋아하는 경찰 대표가 결승전에 올라왔고 결승 상대는 진짜 축구 선수가 여섯 명이나 들어 있는 전문학교 대표였어.

사생 대회는 공설 운동장에서 그리 멀리 떨어지지 않은 교육청 마당에서 열렸어. 큰 플라타너스 나무 아래에 연못이 있었고 거기에 군의 14개 초등학교에서 대표로 나온 아이들 수백 명이 모여서 그림을 그렸어. 플라타너스와 연못 주변의 풍경을 그리라는 게 과제였어.

나는 공설 운동장에서 함성이 들려올 때마다 목이 메었어. 응원하는 노래가 되풀이되다가 누군가 골을 넣었는지 엄청나게 큰 함성과 박수 소리가 들려왔을 때 눈물을 흘리기까지 했어. 얼른 그림을 그려서 제출하고 공설 운동장에 가려는 생각도 했지만 시간이 너무 없었어. 결승전이 사생 대회하고 같은 시간에 시작되었으니까 말이야. 최대한 빨리 그려 내고 운동장까지 뛰어간다고 해 봐야 결승전이 거의 끝날 시간이었지. 심사 결과는 그날 오후에 나올 예정이었지. 결국 나는 그해의 축구 결승전을 보지 못했어. 눈물을 훔치면서 집으로 돌아가야 했어.

이상한 일은 그날 저녁 무렵에 일어났어. 선생님이 자전거를 타고 읍에서 십 리쯤 떨어진 우리 집에 찾아온 거야. 가정 방문을 온 게 아니야. 선생님은 손에 술병을 들고 왔어. 선생님은 아버지를 만나서는 어깨에 손을 얹더니 이렇게 말했어.

"축하하네. 자네 아들이 사생 대회에서 장원*을 했어. 열 살짜리가. 보라구. 겨우 열 살짜리가 저보다 몇 살 더 많은 아이들을 다 제치고 일 등을 했다 이 말이야. 그 애들 중에는 따로 그림을 과외로 배우는 애들도 있어. 자네 애는 이번에 그림 그리기 대회에 처음 나간 거라면서?"

아버지는 땀 냄새가 푹푹 나는 옷을 젖히면서 친구의 손에서 살그머니 떨어졌어. 그러고는 쑥스럽게 웃는 듯했는데, 그게 내가 난생처음 사생 대회에서 장원한 것에 대한 반응의 전부였어.

1

내 아버지는 읍에서 제일 큰 제재소*를 운영했어. 그 시절은 한창 집을 많이 지을 때여서 제재소를 드나드는 차와 사람 들로 문짝이 한 달에 한 번은 떨어져 나갈 지경이었지. 나는 고명딸*이었어. 아버지는 오빠들이 정구*를 친다고 하자 정구장을

* 장원 여럿이 겨루는 시험이나 글짓기 대회, 그림 그리기 대회 등에서 일 등을 함.
* 제재소 베어 낸 나무로 재목을 만드는 곳.
* 고명딸 아들 많은 집의 외딸.

집 마당에 지어 줬지. 나는 피아노를 배웠는데 피아노가 싫다고 하니까 바이올린을 사다 줬어. 그런데 바이올린 선생님이 무슨 일로 못 오게 된 뒤로 나는 그림을 배우겠다고 했어. 아버지는 언제나 내가 원하는 대로 해 주었지.

읍내에서 유일한 사립 중학교에서 미술을 가르치는 선생님이 집으로 와서 나에게 그림을 가르쳐 주었어. 선생님은 내가 그림에 재능이 뛰어나다고 계속 공부를 시키면 훌륭한 화가가 될 수 있을 거라고 했어. 비싼 과외비를 받으니까 그냥 해 본 말인지도 몰라. 그 말을 들은 아버지는 "딸내미가 이쁘게 커서 시집만 잘 가면 됐지, 뭐 그림 그려서 돈 벌 것도 아니고 결혼해서 식구들 먹여 살릴 것도 아닌데 힘들게 공부할 거 뭐 있나."라고 했대. 그 말을 전해 듣고 나는 그렇게 열심히 할 생각이 없어졌어. 원래 열심히 하려던 것도 아니고 말이야. 그래도 배운 게 있어서 그림을 남들보다 잘 그리게는 됐을 거야.

4학년이 되어서 나는 특별 활동반으로 문예반에 들었어. 그런데 막상 들어가고 보니 글짓기는 아무나 하는 게 아닌 것 같았어. 내가 하고 싶은 말은 이런 건데 막상 글을 써 놓고 보면 저런 게 돼 버리고, 그것도 여기저기 틀리기도 하고 그래. 정말 아버지 말대로 내가 남자고 결혼하고 아이 낳아서 글로 벌어먹고 살아야 된다면 엄청나게 힘들 것 같았어. 그래도 문예반

* 정구 테니스.

이 좋았어.

문예반 선생님은 동시를 쓰시는 분인데 아주 유명하기도 했고 참 잘생겼지. 가까이 가면 기분 좋은 냄새가 났어. 그 냄새가 좋았고 그 냄새의 주인인 선생님은 더 좋았어. 나는 동시를 잘 쓰지 못하지만 선생님이 쓴 동시를 보면 무슨 뜻인지 잘 알 것 같고 참 좋았어. 그런 게 진짜 문학이 아닐까. 잘 모르는 사람도 좋아지게 만드는 게 예술 작품이지.

그해 봄에 나는 군 학예 대회에서 글짓기 백일장에 나가지 못했어. 그건 당연하지. 내가 읍에서 몇 번째 안에 드는 부잣집 딸이라고 해서 누가 봐도 재능이 없는데 글짓기 대표로 내보낼 수는 없지. 그 대신 나는 사생 대회 대표로 뽑혔어. 그때 우리 학교는 한 학년이 다섯 반이고 4학년 이상 한 반에 두 명씩 대회에 나가니까 우리 학교에서만 서른 명이 참가하는 거야. 대개는 미술반에 있는 애들이었어. 문예반에 있는 애들은 학교에서 십 리 이십 리 떨어진 데 사는 농촌 애들이 많은데 미술반 애들은 거의 다 읍내 애들이고 좀 잘사는 애들이었어. 글짓기는 연필하고 지우개, 원고지만 있어도 되지만 미술은 크레용, 화판*, 스케치북이 필요하고 그것들을 빨리 써 버리게 되니까 돈이 좀 들거든. 그런 게 나하고 무슨 큰 상관이 있는 건 아니지만.

* **화판** 그림을 그릴 때 종이나 천을 받치는 판.

사생 대회는 토요일 오전에 우리 학교에서 열렸어. 우리가 다니는 초등학교가 군에서 가장 오래된 학교라서 그랬던 것 같아. 건물도 오래됐고 나무도 커서 그림 그릴 게 많았는지도 몰라. 우리 학교 다니는 애들한테 유리한 것 같긴 했지.

우리는 주최 측이 확인 도장을 찍어서 준 도화지를 한 장씩 받아서 그림을 그리기 위해 여기저기로 흩어졌지. 그런데 내 뒤에서 그림을 그리던 녀석, 옷도 지저분하고 검정 고무신을 신은 데다 간장 냄새가 나던 녀석이 기억에 오래 남았어. 그 냄새며 꼴이 싫어서 자리를 옮기려고 했지만 이미 노란색 크레파스로 그 앞의 나무와 갈색 나무 교사(校舍)*의 밑그림을 그린 뒤라서 그럴 수도 없었어. 참 그 냄새, 머리가 아프도록 지독했어. 그건 한마디로 말하자면 가난의 냄새였어.

0

4학년이 되고 나서 나는 미술반에 들어갔지. 천수기 선생님은 문예반을 맡았는데 미술반을 맡은 주은희 선생님에게 나를 특별히 부탁했다고 했지. 아버지 이야기를 했는지도 몰라. 천 선생님은 자신이 직접 본 사람 중에 가장 그림에 뛰어난 재능을 가진 사람이 아버지라고 했어. 그림과 동시는 분야가 다

* **교사** 학교의 건물.

르지만 천 선생님은 다른 예술에 대한 평가 기준도 상당히 높았지.

아버지는 한때 그림을 그리겠다고 했다가 할아버지에게 혼이 났어. 입에 풀칠하기도 힘든 가난한 농사꾼의 자식이 도시의 여유 있는 사람들이 즐기는 예술인 미술을 평생의 직업으로 삼겠다니 할아버지는 이해를 못 했겠지. 그래도 아버지는 고등학교까지는 미술반에서 활동을 했고 같은 또래에서는 제일 그림을 잘 그리는 걸로 인정을 받았던가 봐. 서울에 있는 국립 미술 대학에 합격까지 했다니 그 당시 고향에서는 일 년에 한두 명 나올까 말까 한 일이었다지. 할아버지가 그 사실을 알고 아버지를 호되게* 나무랐지. 그때 아버지는 집을 나가려고 가방까지 쌌었는데 그만 할아버지가 쓰러지신 거야.

할아버지를 달구지*에 싣고 병원에 모시고 가니까 곧 돌아가실 것 같다고 준비를 하라고 했대. 그때 할아버지가 유언으로 "네 어미와 동생들을 단 한 끼라도 굶게 해서는 안 된다."고 하셨고 아버지는 그러겠다고 맹세했어. 할아버지는 이웃 동네에 살던 친구의 딸을 데려오게 해서 그 자리에서 아버지와 약혼을 하게 했어. 지금은 이해가 잘 안 가는 일이지만 그땐 스무 살에 결혼하는 게 그렇게 이상한 일은 아니었다지. 아버지는

* **호되다** 매우 심하다.
* **달구지** 소나 말이 끄는 짐수레.

할아버지 간호를 하고 생계를 꾸려 가기 위해 대학 진학을 미뤘어. 그런데 할머니가 그해 봄에 쓰러져서 곧 돌아가셨고 그 바람에 어머니는 주부가 된 거야. 할아버지는 가을쯤에 병석에서 일어나셨지. 그해 겨울에 내가 태어난 거고 말이야. 그래서 아버지는 할아버지와 함께 농사를 짓게 된 거지.

나는 미술반에 들어가서 그림을 많이 그리지는 않았어. 한 해 전 3학년 때에 학교 대표로 나간 건 비밀이었지. 주은희 선생님은 알았어. 그러니까 내가 연습을 안 해도 못 본 척해 준 거야. 군 학예 대회에서 사생 부문 장원을 하면 48색짜리 크레파스 다섯 통하고 스케치북 열 권이 상품인데 내가 그걸 받을 수는 없었어. 상품이 아이들 나무할 때 쓰는 작은 지게로 한 짐*이나 되니 열 살짜리가 무거워서 못 받은 게 아니라 나에게 이름을 빌려준 4학년 5반 대표가 받고는 입을 싹 씻어 버린 거야. 그게 알려지면 자기도 망신이니까 비밀은 지켰어.

그래서 나는 그림을 그릴 때 몽당연필처럼 짤막한 크레파스하고 이미 그린 그림이 있는 스케치북 뒷면으로 그림 연습을 할 수밖에 없었어. 우리 집 형편에 크레파스와 스케치북을 자꾸 사 달라고 하기도 힘든 일이고 아버지에게 염소가 많은 것도 아니었어. 게다가 내 동생이 넷이나 됐지.

미술이 별것 아니라는 생각도 들었지. 내 아버지는 동시로

* **짐** (수량을 나타내는 말 뒤에 쓰여) 한 사람이 한 번 지어 나를 만한 분량의 꾸러미를 세는 단위.

전국적으로 유명한 천수기 선생님이 인정하는 화가의 재능을 타고났어. 내가 그 아버지의 아들이 틀림없는데 다른 평범한 아이들처럼 죽어라 연습할 필요는 없잖아. 나는 미술반 아이들과 함께 주 선생님을 따라 산과 들을 다닐 때 열에 여덟아홉은 스케치북을 펴지도 않았어. 가끔 주 선생님이 "관찰도 공부다."라고 하면서 자연과 주변의 물건들을 세세하게 봐 두라고 했지.

아버지, 아버지는 나한테 별 관심이 없는 것 같았어. 염소를 팔아서 크레파스와 스케치북을 사 주던 때, 그때는 아버지한테 좀체 잘 없는 특별한 순간이었던 것 같아. 다시 병석에 누운 할아버지와 우리 식구들 굶기지 않으려면 정신없이 일을 해야 했지. 생각하긴 싫지만 내가 태어나는 바람에 아버지가 화가가 되려는 꿈을 버려야 했는지도 몰라. 그래서 일부러 그림 쪽으로는 모른 척하는 건지도.

그러다가 다시 군민 체전이 열리는 5월이 돌아왔어. 군 전체 초중고 학생들이 참가하는 학예 대회도 당연히 함께 열렸지. 모든 게 작년하고 비슷했어. 내가 떳떳이 반 대표로 사생 대회에 참가하게 되었다는 것이나 대회 장소가 우리 학교라는 게 달랐지. 이번에 장원상을 받으면 상품으로 그림 연습을 마음껏 할 수 있게 될 거라고 생각했어. 크레파스 다섯 통과 스케치북 열 권을 다 쓰기도 전에 다음 대회가 열리게 되겠지.

지금 생각하면 참 우스워. 상으로 그림 도구를 받아서 그림을 제대로 잘 그릴 생각을 하다니. 그땐 전혀 우습지 않았어. 좀 긴장이 됐지. 차상, 차하도 돼. 크레파스하고 스케치북이 상품으로 나오긴 하니까 모자라는 대로 어떻게 되겠지. 그냥 특선이나 입선은 곤란하지. 공책이나 연필밖에 안 주니까. 상장 뒷면에 그림을 그릴 수도 없고.

나는 아버지가 사 준 크레파스를 들고 학교로 갔어. 한 해 전과는 다르게 크레파스 뚜껑이 달아나 버려서 습자지*를 덮고 고무줄로 동여맸지. 한 해 전처럼 그림을 그려서 제출할 도화지를 받아 들고 뒷면에 미리 부여받은 내 번호를 적었지. 나는 124번이었어. 잊어버릴 수가 없는 번호야. 그 몇 해 전에 무장간첩들이 남한으로 내려왔는데 무장간첩*을 훈련시킨 부대 이름이 124군 부대라서 그런 게 아냐. 하여튼 나는 도화지 뒤 네모난 보랏빛 칸에 검은색으로 번호를 124라고 분명히 적었어.

내 앞에는 언제부터인가 여자아이가 두 명 앉아 있었어. 한 아이는 낯이 익었어. 같은 반을 한 적은 없지만 천수기 선생님하고 같이 가는 걸 몇 번 본 적이 있었지. 자주색 원피스에 검은 에나멜* 구두를 신고 있었고 머리에 푸른 구슬 리본을 매고 있는데 무척 얼굴이 희고 예뻤지. 나하고 한 반이었다고 해도 나 같은 촌뜨기에게는 말을 걸지도 않았겠지.

* **습자지** 글씨 쓰기를 연습할 때 쓰는 얇은 종이.
* **무장간첩** 전투에 필요한 장비를 갖춘 간첩.
* **에나멜** 물건의 겉에 발라 윤(광택)이 나게 하는 재료.

그 여자애와 나는 비슷한 점이 하나도 없었어. 크레파스부터 한 번도 쓰지 않은 새것, 한 번만 더 쓰면 더 쓸 수 없도록 닳은 것이라는 차이가 있었어. 처음부터 다른 길에서 출발해서 가다가 우연히 두어 시간 동안 같은 장소에서 비슷한 그림을 그리게 되겠지만 앞으로 영원히 만날 일이 없을 것 같은 사람이야. 그 여자아이도 그걸 의식하고 있는 것 같았어. 나를 한 번 힐끗 넘겨다보고는 코를 찡그리더니 더 이상 눈길을 주지 않았어. 자리를 뜰 것 같았는데 계속 그리기는 하더군. 나를 의식하기 전에 밑그림을 그렸던 게 아까웠겠지.

히말라야시다*가 쑥색 가지를 늘어뜨리고 있는 화단이 있고 화단 뒤에 나무쪽을 붙인 벽이, 벽 위쪽에 흰 종이가 발린 유리창이 있는 교사가 있었어. 히말라야시다 앞에 키 작은 영산홍*이 서 있고, 화단을 따라 발라진 시멘트 길에 햇빛이 하얗게 비치고 있었어.

축구 결승전이 열리고 있을 공설 운동장은 꽤 멀었지. 멀지 않다고 해도 나에게는 목표가 있었어. 장원, 그리고 다음 군 사생 대회까지 그림을 그릴 수 있는 크레파스와 스케치북. 나는 그림에 집중했지. 내가 생각해도 그림은 잘되었어.

마감 시간이 다 되어서 나는 그림을 제출했어. 그 여자아이

* **히말라야시다** 소나뭇과의 상록 침엽 교목. 높이는 30미터 정도이며, 잎은 끝이 뾰족하다.
* **영산홍** 진달랫과의 상록 관목. 높이는 1미터 정도이며 잎은 가지 끝에 뭉쳐나고 피침 모양으로 끝이 둔하다.

는 진작에 가고 없었어. 그런 아이들이야 재미로 그리는 거니까 쉽게 빠르게 그리고 내 버렸을 거라고 생각했지. 할아버지 말이 맞을지도 모르지. 그림 같은 건 돈 많은 사람들이 시간을 주체할 수 없어서 하는 놀이라고. 우리 같은 가난뱅이 농사꾼 무지렁이*들이 무슨 예술을 하느니 마느니 개나발*을 불다가는 쪽박이나 차기 십상이라는 거지. 있는 쪽박이나 잘 간수하는 게 주제에 맞는다는 거야.

그림을 제출하고 나면 공설 운동장에 갈 수 있고 잘하면 축구 결승전 끄트머리를 볼 수 있을지도 모르지만 나는 그럴 생각이 전혀 없었지. 내가 정작 궁금한 건 심사 결과니까 말이야. 축구야 누가 우승하면 어때. 어차피 군민 체전이니까 군민들 중 누군가 이기는 거 아니겠어. 그런 생각을 하게 된 게 내가 일 년 동안 퍽 성숙했다는 증거였어. 그렇게 되는 데 열 살짜리가 열한 살 이상이 참가하는 대회에 나가서 장원을 했다는 게 큰 작용을 한 건 당연하지.

오후부터 3층짜리 신축 교사 2층 교실 한 곳에서 심사 위원들이 심사를 했어. 나는 예전에 함께 축구를 하던 아이들과 공을 차면서 시간을 보냈어. 이상하게 축구가 재미가 없었어. 자꾸 눈이 심사를 하고 있을 교실로 향하는 거야. 내가 골을 집어

* **무지렁이** 일이나 이치에 어둡고 어리석은 사람.
* **개나발** 사리에 맞지 아니하는 헛소리나 쓸데없는 소리를 낮잡아 이르는 말.

넣을 수도 있는 기회에서 엉뚱한 데 눈을 주니까 아이들이 정신을 어디다 파느냐고 화를 냈지. 나는 미안하다고 했고. 그러면서도 아, 이제 나한테 축구보다 더 중요한 게 생겼구나 하는 생각이 드는 거야. 사실 그건 크레파스나 스케치북 같은 상품이 아니야. 그건 내가 가지고 있는 재능, 아버지에게서 물려받은 천부적*인, 천재적인 재능을 명백히 확인받고 싶다는 충동이었어. 내가 아버지의 아들이라는 확신을 가지고 싶었어. 아무리 시골구석에서 염소나 키우고 닭이나 거위를 장날에 내다 파는 사람이라고는 해도 내 아버지니까.

심사하는 데 그렇게 오랜 시간이 걸리는 줄은 몰랐어. 다리가 아프도록 축구를 하고 수도꼭지가 있는 곳으로 가서 몸을 씻고 다 말리도록 심사는 끝나지 않았어. 아이들이 풀빵을 사 먹으러 간다고 학교 밖으로 갈 때까지도. 나는 평소처럼 아이들을 따라가지 않았어. 고픈 배를 부여잡고 교사 앞에 앉아 있었어. 심사 결과를 알 수 있을 거라고 생각한 건 아니야. 그냥 어떤 기미라도, 결과의 부스러기라도 얻고 나서야 갈 수 있을 것 같았어.

아이들이 가 버리자 학교는 조용해졌어. 그러고도 한 삼십 분은 있다가 다른 군의 학교에서 온 심사 위원들이 걸어 나왔어. 물론 나한테 관심을 가진 사람은 아무도 없었지. 주 선생님

* **천부적** 태어날 때부터 지닌 것.

이 보였어. 심사를 한 건 아니고 우리 학교의 미술 지도 교사로 참관*을 하고 있었던 것 같았어.

교문 조금 못 미친 곳에서 심사 위원들과 인사를 나눈 주 선생님은 뒤돌아서서 내가 앉아 있는 쪽으로 걸어왔어. 새하얀 시멘트 길에 떨어지던 새하얀 햇빛, 그 위에 또각또각 찍히던 그 발소리를 나는 아직도 잊지 못해. 선생님은 히말라야시다 앞 시멘트 의자에 숨은 듯이 앉은 내게 와서는 불쑥 손을 내밀었지.

"백선규, 축하한다."

나는 못 잊어.

"네가 장원이다."

나는 목이 메어서 아무 말도 할 수 없었어. 그렇게 목이 죄는 듯한 느낌은 평생 다시 없었어. 그 뒤에 수십 번, 이런저런 상을 받고 수상을 통보*받았지만.

나는 선생님 앞에서 눈물을 보이고 말았어. 내가 우는 것을 보고 선생님은 무척 놀라고 당황했어. 하지만 곧 내 어깨를 잡고는 내 얼굴을 가슴에 가만히 안아 주었어. 그 따뜻하고 기분 좋은 냄새, 못 잊어.

* 참관 어떤 자리에 직접 나아가서 봄.
* 통보 어떤 사실을 알리어 줌.

1

나는 한 번도 상 같은 건 받아 본 적 없어. 학교 다닐 때 그 흔한 개근상도 못 받았으니까. 상에 욕심을 부려 본 적도 없었어. 내게는 모자란 게 없어서 그랬는지도 몰라. 어릴 때는 부유한 집안에서 단 하나밖에 없는 딸로 사랑을 받으며 자랐고 여자 대학에서 가정학을 공부하다가 판사인 남편을 중매*로 만나서 결혼했지. 내가 권력이나 돈을 손에 쥔 건 아니라도 그런 것 때문에 불편한 적도 없었어. 아이들은 예쁘고 별문제 없이 잘 자라 주었지. 큰아이가 중학교부터 미국에 가서 공부할 때는 적응에 힘이 들었지만 결국 학생회장까지 지내서 신문에도 여러 번 났지. 나는 상을 못 받았지만 내가 타고난 행운, 삶 자체가 상이다 싶어.

그렇지만 단 한 번 상을 받을 뻔한 적은 있지. 스스로의 실수 때문에 못 받은 거니까 누구를 원망할 수도 없지만. 그 실수를 인정하고 내가 받을 상이 남에게 간 것을 바로잡을 수 있었을까. 할 수 있었을지도 몰라. 아버지에게 이야기했다면. 아니면 천수기 선생님한테라도.

왜 안 했을까. 그때 나를 스쳐 가던 그 아이, 그 아이의 표정 때문인지도 몰라. 땟국물이 흐르던 목덜미, 전신에서 풍겨 나

* **중매** 결혼이 이루어지도록 중간에서 소개하는 일. 또는 그런 사람.

던 뭔가 찌든 듯한 그 냄새, 그 너절한* 인상이 내 실수와 잘못된 과정을 바로잡는 게 귀찮은 일이라는 생각을 갖게 했을 거야. 어쩌면 그 결과로 한 아이가 가지게 될지도 모르는 씻지 못할 좌절감이 내게도 약간 느껴졌는지도 모르지. 상관없어. 나는 그런 상하고는 담을 쌓고 살아도 행복해. 그런 스트레스를 받는 것 자체가 싫어. 왜 내가 그렇게 살아야 하는데?

0

나는 사생 대회 이틀 후, 월요일 아침 조회에서 전교생이 지켜보는 가운데 교단 앞으로 가서 장원상을 받았어. 글짓기, 서예, 밴드, 합창, 그림 등 전 분야를 통틀어 우리 학교에서 장원상을 받은 사람은 오직 나 하나뿐이었어. 게다가 4학년이니까 앞으로 이 년간 더 많은 상을 학교에 안겨 주게 되겠지. 교장 선생님은 내가 4학년이라는 것, 장원이라는 것을 스무 번도 더 이야기했어.

크레파스 다섯 통, 스케치북 열 권은 혼자 들기에 좀 무거웠어. 글짓기에서 차하*상을 받아서 앞으로 나온 6학년이 크레파스를 대신 들어 줬지. 나는 박수 소리가 끊이지 않는 중에 천

* 너절하다 허름하고 지저분하다.
* 차하(次下) 백일장(글짓기 대회) 수상작의 등급 중 하나로, 보통 '장원·차상·차하·참방·장려'순으로 수상작의 순위가 매겨짐. 차하상은 3등급 정도.

천히 걸어서 내가 서 있던 자리로 돌아왔어. 조회가 끝나고 교실로 들어갈 때 옆에 있던 아이들이 상품을 대신 들어 줬고 나는 상장만 들고 갔어.

부임한* 지 얼마 안 되어서 그런지 흥분한 교장 선생님은 전례*가 없이 그해 학예 대회 입상작을 찾아와서 강당에서 전시회를 가지기로 결정했어. 나는 가 보지 않았어.

가서 내 그림을 보는 건 뭔가 창피할 것 같았어. 그런 데 가서 그림과 글짓기, 서예 작품을 보고 배워야 하는 아이들은 입상을 못 한 평범한 아이들이야. 창작의 재능이 없고 겨우 감상만 할 수 있는 아이들인 거야. 생각은 그렇게 했지만 일주일 동안 진행된 전시 마지막 날 오후, 나는 강당으로 걸음을 옮겼지. 모르겠어. 왜 갔는지.

강당에는 아무도 없었어. 벽에는 전시 작품들이 걸려 있었어. 글짓기는 원고지 여러 장에 쓰인 작품을 한꺼번에 벽에 압정으로 박아 놓고 넘겨 가며 읽도록 해 놨어. 차하상을 받은 동시는 아이들이 넘기면서 침을 묻히는 바람에 글씨가 다 지워지고 원고지 앞장 아래쪽은 먹지처럼 까매졌더군.

나는 천천히 그림이 전시된 곳으로 걸어갔지. 내 그림은 맨 안쪽에 걸려 있었어. 입선작* 여덟 점을 지나서 특선작 세 점

* **부임하다** 임명이나 발령을 받아 근무할 곳으로 가다.
* **전례** 이전부터 있었던 사례.
* **입선작** 응모한 여러 작품 가운데서 심사에 합격하여 뽑힌 작품.

을 지나고 나서 황금색 종이 리본을 매달고 좀 떨어진 곳에, 검은색 붓글씨로 '壯元(장원)'이라고 크게 쓰인 종이를 거느리고, 다른 작품보다 세 뼘쯤 더 높이. 초등학교에 다니는 아이들이라면 우러러볼 수밖에 없는 높이에.

그런데, 그런데, 그런데, 그런데 그 그림은 내가 그린 그림이 아니었어. 풍경은 내가 그린 것과 비슷했지만 절대로, 절대로 내가 그린 그림이 아니야. 아버지가 사 준 내 오래된 크레파스에는 진작에 떨어지고 없는 회색이 히말라야시다 가지 끝 앞부분에 살짝 칠해져 있는 그림이었어. 나는 가슴이 후들후들 떨려서 두 손으로 가슴을 가렸어. 사방을 둘러봤지만 아무도 없었어. 나는 까치발을 하고 손을 최대한 쳐들어서 그림 뒷면의 번호를 확인했어. 네모진 칸 안에 쓰인 숫자는 분명히 124였어. 124, 북한에서 무장간첩을 훈련시킨 그 124군 부대의 124. 그렇지만 그건 내 글씨가 아니었어.

누가, 왜 제 번호를 쓰지 않고 내 번호를 썼을까. 실수로? 이런 실수를 하고, 제가 받을 상을 다른 사람이 받았다는 걸 알면 가만히 있을까. 그렇지는 않을 거야. 다른 학교에 다니는 아이라서 제 실수를 모르고 있는 거겠지.

아니야. 그 그림은 구도*로 봐서 내가 그렸던 바로 그 장소에서 아주 가까운 데서 그린 그림이었어. 그 그림을 그린 아이

* **구도** 그림에서 모양, 색깔, 위치 따위의 짜임새.

는 천수기 선생님과 함께 다니던 그 아이인 게 틀림없었어. 그러니까 나와 같은 학교에 다니는 아이라는 거지. 그러면 그 아이는 제가 그린 그림을 봤을 거야. 그런데 왜? 왜 아무 말을 하지 않은 거지? 상품이 필요 없어서? 번호를 잘못 쓴 실수 때문에 벌을 받을까 봐? 나라면? 나라면 가만히 있었을까?

왜 내가 그린 작품은 입선에도 들지 않았을까? 비슷한 풍경이고 비슷한 구도인데도? 가만히 그 그림을 보고 있자니 정말 잘 그린 그림이라는 느낌이 들기 시작했어. 장원을 받을 수밖에 없는 그림, 같은 장소에 있었던 나로서는 발견할 수 없었던 부분, 벽과 히말라야시다 사이의 빈 공간의 처리는 완벽했어. 나는 모든 걸 그림 속에 욱여넣으려고만 했지 비울 줄은 몰랐어. 그건 나를 뛰어넘는 재능인 게 분명했어.

비슷한 그림에 같은 번호가 써진 걸 보고 심사 위원들이 당황했을 거야. 한 사람이 두 작품을 그릴 수는 없으니 누군가 실수를 했다고 단정 짓고는 혼동을 초래할지도* 모르니까 둘 중 하나는 아예 시상 대상에서 제외를 하자고 했겠지. 그래서 심사에 오랜 시간이 걸렸던 것이고.

그러니까 내 그림은 번호를 착각한 아이의 그림에 못 미치는 그림으로 버려졌던 거야. 입선에도 들지 못하게 완벽하게. 누구의 생각일까. 주 선생님은 아니었어. 심사 위원이 아니니

* **초래하다** 일의 결과로서 어떤 현상을 생겨나게 하다.

까. 아니, 심사 중에 불려 들어간 것일지도 몰라. 혼란스러워진 심사 위원들이 번호를 확인하고 그게 우리 학교 학생의 번호인 줄 알고 미술반 지도 교사를 오라고 했고…… 그래서 그 모든 것이 주 선생님의 조정으로 이루어졌고, 그래서 이례적*으로 주 선생님이 그 결과를 미리 알게 된 것이고…… 그런데 나는 주 선생님 품에 안겨서 울었어! 내가 그리지도 않은 그림을 가지고 상을 탔다고 감격해서, 바보같이, 바보!

나는 가슴이 찢어질 것 같은 통증을 느끼면서 강당을 걸어 나왔어. 열 걸음쯤 떼었을 때 강당 문으로 어떤 여자아이가 걸어 들어왔어. 자주색 원피스를 입고 있었어. 검은색 에나멜 구두를 신고 있었지. 나는 그 여자아이를 지나칠 때 눈을 감았어. 눈을 감은 채 열 걸음쯤 걸어가서 다시 눈을 떴어.

내가 주 선생님을 찾아가서 말해야 했을까. 이건 내 그림이 아니라고. 다른 사람이 그린 그림이라고. 나는 그 사람만 한 재능이 없다고. 실수를 바로잡아 달라고. 나는 그렇게 하지 못했어. 주 선생님의 품에 안겨 울지만 않았더라도 찾아갈 수 있었어. 가능성이 높지는 않지만. 내 더러운 눈물로 주 선생님의 흰 옷을 더럽히지만 않았더라도.

그림의 주인이 선생님을 찾아가서 그 그림이 자기 것이라고 주장한다면 부정할 도리는 없었겠지. 하지만 내가 먼저 선생

* 이례적 보통의 경우와 다른 특이한 것.

님을, 주 선생님이든 천 선생님이든, 아버지도 할아버지도, 그 누구도 찾아갈 수 없었어.

그 뒤부터 나는 늘 나를 의심하면서 살았어. 누군가 나보다 뛰어난 재능을 가지고 있고 누군가 나와 똑같은 대상을 두고 훨씬 더 뛰어난 작품을 그렸고, 앞으로도 더 뛰어난 작품을 그릴 수 있다는 생각을 벗어나 본 적이 없어. 그러니까 어떤 작품이라도, 그게 포스터물감으로 그리는 반공 포스터라도 내가 가진 능력 전부를, 그 이상을 쏟아부어야 했지. 언제나, 어디서나. 그 결과가 오늘의 나일까. 의심의 결과, 좌절의 결과, 누군가 내 비밀을 알고 있다는 생각의 결과.

나는 화가가 된 후 풍경화를 그린 적은 없어. 나는 그림의 원형*, 본질로 돌아갔어. 선과 원, 점, 그리고 바탕이 되는 사물의 원형, 본질을 최대한 추상화하고* 이상화한* 상태로 만들어 갔어. 내 모든 색깔의 원형은, 이상은 그날 그 하얀 시멘트 길과 그 위의 흰 햇빛이야.

1

어라, 저기 걸어가는 저 사람, 백선규 같네. 저 사람 도대체

* **원형** 맨 처음의 모양.
* **추상화하다** 직접 경험하거나 지각할 수 없는 일정한 형태와 성질로 만들다.
* **이상화하다** 현실을 그대로 보지 않고 이상에 비추어서 보고 생각하다.

무슨 생각을 저렇게 골똘하게 하고 있을까. 인사를 해 볼까? 안녕하세요, 라고 해야 하나? 그냥 안녕이라고? 그러고 나서 고향, 연도, 초등학교를 말하면 알아볼까? 아이, 귀찮아. 그런 걸 하면 뭘 해. 우리는 가는 길이 다른데. 나는 그림을 좋아하고 저 사람은 자신의 그림을 열심히 그리면 그만이지.

점점 멀어지네.

사라졌네.

나는 여기에 있고.

나도 곧 가야 하지만.

활동

1. 아래는 '말할 수 있었지만 말하지 않은' 사건의 전과 후를 정리한 것이다. < 보기 >에서 알맞은 단어를 찾아 빈칸을 채워 보자.

보기 ▶	가난	부유	나태	노력	낙제
장원	외아들	고명딸	장가	시집	과외
야단	재능	화가	평론가	애호가	

0.	1.
• □□한 농부의 아들, 젊을 적 화가의 꿈을 접은 아버지는 염소 판 돈으로 나의 그림 도구를 사다 준 적이 있음. • 아버지 얼굴에 먹칠을 하지 않으려면 더 □□해야 한다. • 3학년 때, 남의 이름으로 참가한 군 학예 대회에서 □□을 받은 비밀이 있음.	• 읍내에서 제일 큰 제재소 집 □□□, 음악이나 미술 등 내가 하고 싶은 것을 충분히 지원받음. • 예쁘게 커서 □□만 잘 가면 됐지. 힘들게 공부할 거 뭐 있나. • 중학교 미술 선생님에게 □□를 받음. 재능이 뛰어나다고 하심.

↓

4학년 때 학교 대표로 군 학예 사생 대회에 나감. 비슷한 위치에서 히말라야시다 나무가 들어간 풍경화를 그림. 장원을 받은 그림에 얽힌 진실을 말하지 않음.

↓

• 나의 천부적 □□을 의심하면서 능력 전부를, 그 이상을 쏟아부으며 노력함. • 추상화 부문에서 우리나라를 대표하는 □□가 됨.	• 가정학을 공부하고 결혼해서 평탄하고 행복한 인생을 살고 있음. • 미술관이나 화랑을 자주 들르는 그림 □□□임.

2. 아래 내용을 참고하여 0과 1이 진실을 밝히지 않은 이유를 각각 적어 보자.

0.	1.
• 장원이라는 소식을 듣자 목이 메어 주 선생님 품에 안겨 울 정도로 간절히 바란 결과였음. • 전교생이 지켜보는 가운데 교단 앞으로 가서 장원상과 함께 너무 필요했던 그림 도구를 상품으로 받음.	• 자신의 실수를 인정하고 상황을 바로잡을 용기가 나지 않음. • 진실을 알게 된 그 아이의 표정에서 씻을 수 없는 좌절감을 엿봄. • 기를 쓸 필요 없는 풍족한 환경에서 자랐고, 스트레스 받을 상황에 놓이고 싶지 않음.

3. 한 서술자의 이야기만 들었다면 상대가 어떤 사람이라고 생각했을지 적어 보고, 두 사람이 각기 다른 시점으로 번갈아 들려주는 효과는 무엇인지 써 보자.

• 남자의 서술만 있다면, 여자아이가

라고 생각했을 것이다.

• 여자의 서술만 있다면, 남자아이가

라고 생각했을 것이다.

⇒ 두 가지 시점으로 번갈아 서술할 때 생기는 효과는

는 것이다.

4. 「내가 그린 히말라야시다 그림」 바탕글을 활용하여 낱말 퍼즐을 풀어 보자.

1 동		2					3		
짓		4 자	세	5 히					
6 달	7						8		
			9 플	라	타	10 너	스		
11									
									12
	13 즐	비	하	다		14			

◆ **가로말 풀이**

3. 명 태어날 때부터 지닌 것.
4. 부 사소한 부분부터 아주 구체적이고 분명히.
6. 명 소나 말이 끄는 짐수레.
8. 명 수입이나 재산이 적어서 살림살이가 넉넉하지 못하고 어려움. 궁핍, 빈곤.
9. 명 버즘나뭇과의 낙엽 활엽 교목. 높이는 40~50미터.
11. 명 어떤 사물을 사랑하고 좋아하는 사람.
13. 형 빗살처럼 줄지어 빽빽하게 늘어서 있다.
14. 명 재주와 능력이 여러 가지로 많음.

◆ **세로말 풀이**

1. 명 음력으로 열한 번째 달.
2. 명 글씨 쓰기를 연습할 때 쓰는 얇은 종이.
3. 명 유전 지역이나 탄광 지역 등에서 천연으로 나오는 가연성 가스.
5. 명 소나뭇과의 상록 침엽 교목. 높이는 30미터 정도이며, 잎은 끝이 뾰족하다. 히말라야가 원산지이다.
7. 명 꼬리가 아홉 개 달린 여우.
10. 형 허름하고 지저분하다.
12. 명 어떤 일을 하는 데 필요한 재주와 능력.

사랑손님과 어머니

주요섭

주요섭

소설가. 1902년 평양에서 태어나 1972년 세상을 떠났다. 중국 후장 대학과 미국 스탠퍼드 대학에서 공부했다. 1921년 단편소설 「깨어진 항아리」로 등단해 하층민의 생활과 반항, 인간의 내면세계 등을 섬세히 묘사한 작품을 주로 발표했다. 주요 작품으로 「인력거꾼」「살인」「사랑손님과 어머니」「아네모네의 마담」 등이 있다.

✳ 읽기 전에 ✳

『홍길동전』의 작가 허균은 "우리나라만이 천한 어미를 가진 자손이나 두 번 시집간 자의 자손을 벼슬길에 끼지 못하게 한다."라고 탄식했다고 하네요. 오랜 시간 많은 사람이 지킨 관습에는 사회의 안정을 유지하는 데 도움을 주는 전통도 있지만, 시대의 흐름을 따라가지 못하는 인습도 있습니다. 여기 여섯 살 옥희가 관찰한 사랑손님과 어머니가 있습니다. 순수한 어린아이의 시선으로 바라본 성인 남녀의 '썸'은 어떤 느낌을 줄까요? 그들은 사회적 인습을 넘어 사랑을 이룰 수 있을까요?

1

나는 금년 여섯 살 난 처녀 애입니다. 내 이름은 박옥희이구요. 우리 집 식구라구는 세상에서 제일 이쁜 우리 어머니와 단 두 식구뿐이랍니다. 아차 큰일 났군, 외삼춘을 빼놓을 뻔했으니.

지금 중학교에 다니는 외삼춘은 어디를 그렇게 싸돌아다니는지 집에는 끼니때나 외에는 별로 붙어 있지를 않으니까 어떤 때는 한 주일씩 가도 외삼춘 코빼기도 못 보는 때가 많으니까요, 깜빡 잊어버리기도 예사지요, 무얼.

우리 어머니는, 그야말로 세상에서 둘도 없이 곱게 생긴 우리 어머니는, 금년 나이 스물네 살인데 과부*랍니다. 과부가 무엇인지 나는 잘 몰라도 하여튼 동리* 사람들이 나더러 '과부 딸'이라고들 부르니까 우리 어머니가 과부인 줄을 알지요. 남

* 과부 남편을 잃고 혼자 사는 여자.
* 동리 마을.

들은 다 아버지가 있는데 나만은 아버지가 없지요. 아버지가 없다고 아마 '과부 딸'이라나 봐요.

2

외할머니 말씀을 들으면 우리 아버지는 내가 이 세상에 나오기 한 달 전에 돌아가셨대요. 우리 어머니하고 결혼한 지는 일 년 만이고요. 우리 아버지의 본집*은 어데 멀리 있는데, 마침 이 동네 학교에 교사로 오게 되기 때문에 결혼 후에도 우리 어머니는 시집으로 가지 않고 여기 이 집을 사고(바로 이 집은 우리 외할머니 댁 옆집이지요.) 여기서 살다가 일 년이 못 되어 갑자기 돌아가셨대요. 내가 세상에 나오기도 전에 아버지는 돌아가셨다니까 나는 아버지 얼굴도 못 뵈었지요. 그러기 아무리 생각해 보아도 아버지 생각은 안 나요. 아버지 사진이라는 사진은 나도 한두 번 보았지요. 참말로 훌륭한 얼굴이야요. 아버지가 살아 계시다면 참말로 이 세상에서 제일가는 잘난 아버지일 거야요. 그런 아버지를 보지도 못한 것은 참으로 분한 일이야요. 그 사진도 본 지가 퍽 오래되었는데, 이전에는 그 사진을 늘 어머니 책상 위에 놓아두시드니 외할머니가 오시면 오실 때마다 그 사진을 치우라고 늘 말씀하셨는데, 지금

* **본집** 본래 살던 집. 잠시 따로 나와 사는 사람이, 가족들이 사는 중심이 되는 집을 가리키는 말.

은 그 사진이 어디 있는지 없어졌어요. 언젠가 한번 어머니가 나 없는 동안에 몰래 장롱 속에서 무엇을 끄내 보시다가 내가 들어오니까 얼른 장롱 속에 감추는 것을 내가 보았는데, 그것이 아마 아버지 사진인 것 같었어요.

아버지가 돌아가시기 전에 우리가 먹고살 것을 남겨 놓고 가셨대요. 작년 여름에, 아니로군, 가을이 다 되어서군요. 하루는 어머니를 따라서 저 여기서 한 십 리나 가서 조고만 산이 있는 데를 가서 거기서 밤도 따 먹고 또 그 산 밑에 초가집에 가서 닭고깃국을 먹고 왔는데, 거기 있는 땅이 우리 땅이래요. 거기서 나는 추수*로 밥이나 굶지 않게 된다구요. 그래두 반찬 사고 과자 사고 할 돈은 없대요. 그래서 어머니가 다른 사람의 바느질을 맡아서 해 주지요. 바느질을 해서 돈을 벌어서 그걸루 청어도 사고 달걀도 사고 또 내가 먹을 사탕도 사고 한다구요.

그리구 우리 집 정말 식구는 어머니와 나와 단둘뿐인데 아버님이 계시든 사랑방*이 비어 있으니까 그 방도 쓸 겸 또 어머니의 잔심부름도 좀 해 줄 겸 해서 우리 외삼춘이 사랑방에 와 있게 되었대요.

* **추수** 가을에 익은 곡식을 거두어들임.
* **사랑방** 집의 안채와 떨어져 있는, 바깥주인이 거처하며 손님을 접대하는 방.

3

금년 봄에는 나를 유치원에 보내 준다고 해서 나는 너무나 좋아서 동무 아이들한테 실컷 자랑을 하고 나서 집으로 들어오누라니까 사랑에서 큰외삼춘이(우리 집 사랑에 와 있는 외삼춘의 형님 말이야요.) 웬 낯선 사람 하나와 앉어서 이야기를 하고 있었습니다. 큰외삼춘이 나를 보더니 "옥희야." 하고 불르겠지요.

"옥희야, 이리 온. 와서 이 아저씨께 인사드려라."

나는 어째 부끄러워서 비슬비슬하니까*, 그 낯선 손님이

"아, 그 애기 참 곱다. 자네 조카딸인가?"

하고 큰삼춘더러 묻겠지요. 그러니까 큰삼춘은

"응, 내 누이의 딸…… 경선 군의 유복녀* 외딸일세."

하고 대답합니다.

"옥희야, 이리 온, 응! 그 눈은 꼭 아버지를 닮었네그려."

하고 낯선 손님이 말합니다.

"자, 옥희야, 커단 처녀가 왜 저 모양이야. 어서 와서 이 아저씨께 인사해여. 너희 아버지의 옛날 친구신데 오늘부터 이 사랑에 계실 텐데 인사 여쭙고 친해 두어야지."

* **비슬비슬하다** 자꾸 힘없이 비틀거리다.
* **유복녀** 태어나기 전에 아버지를 여읜 딸.

나는 이 낯선 손님이 사랑방에 계시게 된다는 말을 듣고 갑자기 즐거워졌습니다. 그래서 그 아저씨 앞에 가서 사붓이* 절을 하고는 그만 안마당으로 뛰어 들어왔지요. 그 낯선 아저씨와 큰외삼춘은 소리를 내서 크게 웃드군요.

나는 안방으로 들어오는 나름으로 어머니를 붙들고

"엄마, 사랑방에 큰삼춘이 아저씨를 하나 데리구 왔는데에, 그 아저씨가아, 이제 사랑에 있는대."

하고 법석을 하니까

"응, 그래."

하고 어머니는 벌써 안다는 듯이 대수롭잖게 대답을 하드군요. 그래서 나는,

"언제부텀 와 있나?"

하고 물으니까,

"오늘부텀."

"에구 좋아."

하고 내가 손뼉을 치니까 어머니는 내 손을 꼭 붙잡으면서

"왜 이리 수선*이야."

"그럼 작은외삼춘은 어데루 가나?"

"외삼춘두 사랑에 계시지."

* 사붓이 발을 내디딜 때 소리가 거의 나지 않을 정도로 매우 가볍고 부드럽게.
* 수선 마음을 어지럽고 혼란스럽게 하는 말이나 행동.

"그럼 둘이 있나?"

"응."

"한방에 둘이 있어?"

"왜, 장짓문* 닫구 외삼춘은 아랫방에 계시구 그 아저씨는 윗방에 계시구, 그러지."

4

나는 그 아저씨가 어떠한 사람인지는 몰랐으나 첫날부터 내게는 퍽 고맙게 굴고 나도 그 아저씨가 꼭 마음에 들었어요. 어른들이 저희끼리 말하는 것을 들으니까 그 아저씨는 돌아가신 우리 아버지와 어렸을 적 친구라구요. 어데 먼 데 가서 공부를 하다가 요새 돌아왔는데, 우리 동리 학교 교사로 오게 되었대요. 또 우리 큰외삼춘과도 동무인데, 이 동리에는 하숙*도 별로 깨끗한 곳이 없고 해서 우리 사랑으로 와 계시게 되었다구요. 또 우리도 그 아저씨한테서 밥값을 받으면 살림에 보탬도 좀 되고 한다구요.

그 아저씨는 그림책들이 얼마든지 있어요. 내가 사랑방으로 나가면 그 아저씨는 나를 무릎에 앉히고 그림책들을 보여 줍

* 장짓문 장지. 방과 방 사이, 또는 방과 마루 사이에 칸을 막아 끼우는 문.
* 하숙 일정한 방세와 식비를 내고 남의 집에 머물면서 숙식함.

니다. 또 가끔 과자도 주구요.

어느 날은 점심을 먹고 이내 살그머니 사랑에 나가 보니까 아저씨는 그때에야 점심을 잡수셔요. 그래 가만히 앉아서 점심 잡숫는 걸 구경하고 있누라니까, 아저씨가

"옥희는 어떤 반찬을 제일 좋아하누?"

하고 묻겠지요. 그래 삶은 달걀을 좋아한다고 했더니 마침 상에 놓인 삶은 달걀을 한 알 집어 주면서 나더러 먹으라구 합니다. 나는 그 달걀을 벗겨 먹으면서

"아저씨는 무슨 반찬이 제일 맛나우?"

하고 물으니까, 그는 한참이나 빙그레 웃고 있드니,

"나두 삶은 달걀."

하겠지요. 나는 좋아서 손뼉을 짤깍짤깍 치고

"아, 나와 같네, 그럼. 가서 어머니한테 알려야지."

하면서 일어서니까, 아저씨가 꼭 붙들면서

"그러지 말어."

그러시지요. 그래두 나는 한번 맘을 먹은 댐엔 꼭 그대루 하구야 마는 성미지요. 그래 안마당으로 뛰쳐 들어가면서,

"엄마, 엄마, 사랑 아저씨두 나처럼 삶은 달걀을 제일 좋아한대."

하고 소리를 질렀지요.

"떠들지 말어."

하고, 어머니는 눈을 흘기십니다.

그러나 사랑 아저씨가 달걀을 좋아하는 것이 내게는 썩 좋게 되었어요. 그것은 그다음부터는 어머니가 달걀을 많이씩 사게 되었으니까요. 달걀 장수 노친네가 오면 한꺼번에 열 알 두 사구 스무 알두 사구 그래선 두고두고 삶아서 아저씨 상에 두 놓구 또 으레 나도 한 알씩 주구 그래요. 그뿐만 아니라 아저씨한테 놀러 나가면 가끔 아저씨가 책상 서랍 속에서 달걀을 한두 알 꺼내서 먹으라고 주지요. 그래 그담부터는 나는 아주 실컷 달걀을 많이 먹었어요.

나는 아저씨가 아주 좋았어요. 그렇지만 외삼춘은 가끔 툴툴하는* 때가 있었어요. 아마 아저씨가 마음에 안 드나 봐요. 아니, 그것보다도 아저씨 상 심부름을 꼭 외삼춘이 하게 되니까 그것이 싫어서 그러나 봐요. 한번은 어머니와 외삼춘이 말다툼하는 것까지 내가 들었어요. 어머니가

"야, 또 어데 나가지 말구 사랑에 있다가 선생님 들어오시거든 상 내가야지."

하고 말씀하시니까, 외삼춘은 얼굴을 찡그리면서

"제길, 남 어데 좀 볼일이 있는 날은 으레이* 끼니때에 안 들어오고 늦어지니……."

하고 툴툴하겠지요. 그러니까 어머니는

* **툴툴하다** 마음에 차지 아니하여서 몹시 투덜거리다.
* **으레이** '으레'의 사투리. 거의 틀림없이 언제나.

"그러니 어짜간니? 너밖에 사랑 출입할 사람이 어데 있니?"
"누님이 좀 상 들구 나가구려. 요샛세상에 내외합니까*!"
어머니는 갑자기 얼굴이 발개지시고 아무 대답도 없이 그냥 외삼춘에게 향하야 눈을 흘기셨습니다. 그러니까 외삼춘은 흥흥 웃으면서 사랑으로 나갔지요.

5

나는 유치원에 가서 창가*도 배우고 댄스도 배우고 하였습니다. 유치원 여자 선생님이 풍금*을 아주 썩 잘 타요. 그런데 우리 유치원에 있는 풍금은 우리 예배당에 있는 풍금과는 아주 다른데, 퍽 조그마한 것이지마는 소리는 썩 좋아요. 그런데 우리 집 윗간에도 유치원 풍금과 꼭 같이 생긴 것이 놓여 있는 것이 갑자기 생각이 났어요. 그래 그날 나는 집으로 오는 길로 어머니를 끌고 윗간으로 가서
"엄마, 이거 풍금 아니유?"
하고 물으니까, 어머니는 빙그레 웃으시면서
"그렇단다. 그건 어찌 알았니?"
"우리 유치원에 있는 풍금이 이것과 꼭 같은데 무얼. 그럼

* 내외하다 남의 남녀 사이에 서로 얼굴을 마주 대하지 않고 피하다.
* 창가 갑오개혁 이후에 발생한 근대 시가 형식의 하나. 서양 악곡의 형식을 빌려 지었다.
* 풍금 페달을 밟아서 바람을 넣어 소리를 내는 건반 악기.

엄마두 풍금 탈 줄 아우?"
하고 나는 다시 물었습니다. 그것은 내가 이때껏 한 번도 어머니가 이 풍금 앞에 앉은 것을 본 일이 없기 때문입니다.

어머니는 아무 대답도 아니하십니다.

"엄마, 이 풍금 좀 타 봐!"
하고 재촉하니까 어머니 얼굴은 약간 흐려지면서

"그 풍금은 너희 아버지가 날 사다 주신 거란다. 너희 아버지 돌아가신 후에는 그 풍금은 이때까지 뚜껑두 한 번 안 열어 보았다……."

이렇게 말씀하시는 어머니 얼굴을 보니까 금방 또 울음보가 터질 것만 같이 보여서 나는 그만

"엄마, 나 사탕 주어."
하면서 아랫방으로 끌고 내려왔습니다.

6

아저씨가 사랑방에 와 계신 지 벌써 여러 밤을 잔 뒤입니다. 아마 한 달이나 되었지요. 나는 거의 매일 아저씨 방에 놀러 갔습니다. 어머니는 나더러 그렇게 가서 귀찮게 굴면 못쓴다고 가끔 꾸지람을 하시지만 정말인즉 나는 조금도 아저씨를 귀찮게 굴지는 않았습니다. 도리어 아저씨가 나를 귀찮게 굴었지요.

"옥희 눈은 아버지를 닮었다. 고 고운 코는 아마 어머니를

닮었지, 고 입하고! 응, 그러냐, 안 그러냐? 어머니도 옥희처럼 곱지, 응?……"

이렇게 여러 가지로 물을 적도 있었습니다. 그래서 나는

"아저씨, 입때* 우리 엄마 못 봤수?"

하고 물었더니 아저씨는 잠잠합니다. 그래 나는

"우리 엄마 보러 들어갈까?"

하면서 아저씨 소매를 잡아댕겼드니, 아저씨는 펄쩍 뛰면서,

"아니, 아니, 안 돼. 난 지금 분주해서*."

하면서 나를 잡아끌었습니다. 그러나 정말로는 무슨 그리 분주하지도 않은 모양이었어요. 그러기 나더러 가란 말도 않고 그냥 나를 붙들고 앉어서 머리도 쓰다듬어 주고 뺨에 입도 맞추고 하면서

"요 저구리 누가 해 주지? ……밤에 엄마하구 한자리에서 자니?"

라는 둥 쓸데없는 말을 자꾸만 물었지요!

그러나 웬일인지 나를 그렇게도 귀애해* 주든 아저씨도 아랫방에 외삼춘이 들어오면 갑자기 태도가 달라지지요. 이것저것 묻지도 않고 나를 꼭 껴안지도 않고 점잖게 앉어서 그림책이나 보여 주고 그러지요. 아마 아저씨가 우리 외삼춘을 무서

* **입때** 여태.
* **분주하다** 이리저리 바쁘고 수선스럽다.
* **귀애하다** 귀엽게 여겨 사랑하다.

워하나 봐요.

하여튼 어머니는 나더러 너무 아저씨를 귀찮게 한다고 어떤 때는 저녁 먹고 나서 나를 꼭 방 안에 가두어 두고 못 나가게 하는 때도 더러 있었습니다. 그러나 조금 있다가 어머니가 바느질에 정신이 팔리어서 골몰하고* 있을 때 몰래 가만히 일어나서 나오지요. 그런 때에는 어머니는 내가 문 여는 소리를 듣고야 파딱 정신을 채려서 쫓아와 나를 붙들지요. 그러나 그런 때는 어머니는 골은 아니 내시고

"이리 온, 이리 와서 머리 빗고……."

하고 끌어다가 머리를 다시 곱게 땋아 주지요.

"머리를 곱게 땋고 가야지. 그렇게 되는대루 하구 가문 아저씨가 숭보시지* 않니."

하시면서, 또 어떤 때에는 머리를 다 땋아 주시고는

"응, 저구리가 이게 무어냐?"

하시면서 새 저고리를 내어 주시는 때도 있었습니다.

7

어떤 토요일 오후였습니다. 아저씨는 나더러 뒷동산에 올라

* **골몰하다** 다른 생각을 할 여유도 없이 한 가지 일에만 파묻히다.
* **숭보다** '흉보다'의 사투리.

가자고 하셨습니다. 나는 너무나 좋아서 가자고 그러니까, 아저씨가

"들어가서 어머님께 허락 맡고 온."

하십니다. 참 그렇습니다. 나는 뛰쳐 들어가서 어머니께 허락을 맡았습니다. 어머니는 내 얼굴을 다시 세수시켜 주고 머리도 다시 땋고 그러고 나서는 나를 아스러지도록* 한 번 몹시 껴안았다가 놓아주었습니다.

"너무 오래 있지 말고, 응."

하고 어머니는 크게 소리치셨습니다. 아마 사랑 아저씨도 그 소리를 들었을 거야요.

뒷동산에 올라가서는 정거장을 한참 내려다보았으나 기차는 안 지나갔습니다. 나는 풀잎을 쭉쭉 뽑아 보기도 하고 땅에 누운 아저씨의 다리를 가서 꼬집어 보기도 하면서 놀았습니다. 한참 후에 아저씨가 손목을 잡고 내려오는데 유치원 동무들을 만났습니다.

"옥희가 아빠하구 어디 갔다 온다, 응."

하고 한 동무가 말하였습니다. 그 아이는 우리 아버지가 돌아가신 줄을 모르는 아이였습니다. 나는 얼굴이 빨개졌습니다. 그때 나는 얼마나 이 아저씨가 정말 우리 아버지였드라면 하고 생각했는지 모릅니다. 나는 정말로 한 번만이라도

* **아스러지다** 덩어리가 깨어져 조각조각 바스러지다.

"아빠!"
하고 불러 보고 싶었습니다. 그리고 그날 그렇게 아저씨하고 손목을 잡고 골목골목을 지나오는 것이 어찌도 재미가 좋았는지요.

나는 대문까지 와서

"난 아저씨가 우리 아빠래문 좋겠다."
하고 불쑥 말했습니다. 그랬더니 아저씨는 얼굴이 홍당무처럼 빨개져서 나를 몹시 흔들면서

"그런 소리 하문 못써."
하고 말하는데 그 목소리가 몹시도 떨렸습니다. 나는 아저씨가 몹시 성이 난 것처럼 보여서 아무 말도 못 하고 안으로 뛰어 들어갔습니다. 어머니가

"어데꺼지 갔댄?"
하고 나와 안으며 묻는데, 나는 대답도 못 하고 그만 쿨쩍쿨쩍 울었습니다. 어머니는 놀라서

"옥희야, 왜 그러니? 응?"
하고 자꾸만 물었으나 나는 아무 대답도 못 하고 울기만 했습니다.

8

이튿날은 일요일인 고로* 나는 어머니와 함께 예배당에를

가려고 채리고 나서 어머니가 옷을 갈아입는 동안 잠깐 사랑에를 나가 보았습니다. '아저씨가 아직두 성이 났나?' 하고 가만히 방 안을 들여다보았더니 책상에 앉어서 무엇을 쓰고 있든 아저씨가 내다보면서 빙그레 웃었습니다. 그 웃음을 보고 나는 마음을 놓았습니다. 아저씨가 지금은 성이 풀린 것이 확실하니까요. 아저씨는 나를 이리 보고 저리 보고 훑어보더니

"옥희 오늘 어데 가노? 저렇게 곱게 채리구."

하고 물었습니다.

"엄마하구 예배당에 가."

"예배당에?"

하고 나서 아저씨는 잠시 나를 멍하니 바라다보더니,

"어느 예배당에?"

하고 물었습니다.

"요 앞에 예배당에 가지 뭐."

"응? 요 앞이라니?"

이때 안에서

"옥희야."

하고 부드럽게 부르는 어머니 목소리가 들리었습니다. 나는 얼른 안으로 뛰어 들어오면서 돌아다보니까, 아저씨는 또 얼굴이 빨갛게 성이 났겠지요. 내 원, 참으로 무슨 일로 요새는

* 고로 까닭에.

아저씨가 그렇게 성을 잘 내는지 알 수 없었습니다.

예배당에 가서 찬미하고* 기도하다가 기도하는 중간에 갑자기 나는, '혹시 아저씨두 예배당에 오지 않었나?' 하는 생각이 나서 눈을 뜨고 고개를 들어 남자석을 바라다보았습니다. 그랬더니 하, 바로 거기에 아저씨가 와 앉어 있겠지요. 그런데 아저씨는 어른이면서도 눈 감고 기도하지 않고 우리 아이들처럼 눈을 번히 뜨고 여기저기 두리번두리번 바라봅니다. 나는 얼른 아저씨를 알아보았는데 아저씨는 나는 못 알아보았는지 내가 방그레 웃어 보여도 웃지도 않고 멀거니* 보고만 있겠지요. 그래 나는 손을 흔들었지요. 그러니까 아저씨는 얼른 고개를 숙이고 말드군요. 그때에 어머니가 내가 팔 흔드는 것을 깨닫고 두 손으로 나를 붙들고 끌어당기드군요. 나는 어머니 귀에다 입을 대고

"저기 아저씨두 왔어."

하고 속삭이니까 어머니는 흠칫하면서 내 입을 손으로 막고 막 끌어 잡아다가 앞에 앉히고 고개를 누르드군요. 보니까 어머니가 또 얼굴이 홍당무처럼 빨개졌군요.

그날 예배는 아주 젬병*이었어요. 웬일인지 예배 다 끝날 때까지 어머니는 성이 나서 강대*만 향하야 앞으로 바라보고 앉

* **찬미하다** 아름답고 훌륭한 것이나 위대한 것 따위를 기리어 칭송하다.
* **멀거니** 정신없이 물끄러미 보고 있는 모양.
* **젬병** 형편없는 것을 속되게 이르는 말.

었고, 이전 모양으로 가끔 나를 내려다보고 웃는 일이 없었어요. 그리고 아저씨를 보려고 남자석을 바라다보아도 아저씨도 한 번도 바라다보아 주지도 않고 성이 나서 앉어 있고, 어머니는 나를 보지도 않고 공연히 꽉꽉 잡어당기지요. 왜 모두들 그리 성이 났는지! 나는 그만 으아 하고 한번 울고 싶었어요. 그러나 바로 멀지 않은 곳에 우리 유치원 선생님이 앉어 있는 고로 울고 싶은 것을 아주 억지로 참었답니다.

9

내가 유치원에 입학한 후 처음 얼마 동안은 유치원에 갈 때나 올 때나 외삼촌이 바래다주었습니다. 그러나 여러 밤을 자고 난 뒤에는 나 혼자서도 넉넉히 다니게 되었어요. 그러나 언제나 내가 유치원에서 돌아오는 때이면 어머니가 옆 대문(우리 집에는 대문이 사랑 대문과 옆 대문 둘이 있어서 어머니는 늘 이 옆 대문으로만 출입하시는 것이었습니다.) 밖에 기다리고 섰다가 내가 달음질쳐 가면, 안고 집 안으로 들어가군 하는 것이었습니다.

그런데 하루는 어쩐 일인지 어머니가 대문간에 보이지를 않겠지요. 어떻게도 화가 나든지요. 물론 머릿속으로는, '아마

* **강대** 책 따위를 올려놓고 강의나 설교를 할 수 있도록 만든 도구.

외할머니 댁에 가셨나 부다.' 하고 생각했지마는 하여튼 내가 돌아왔는데 문간에서 기다리지 않고 집을 떠났다는 것이 몹시 나쁘게 생각되드군요. 그래서 속으로,

'오늘 엄마를 좀 곯려야겠다.' 하고 생각하고 있는데, 옆 대문 밖에서

"아이고, 얘가 원 벌써 왔나?"

하는 어머니 목소리가 들리드군요. 그 순간 나는 얼른 신을 벗어 들고 안방으로 뛰어 들어가서 벽장문을 열고 그 속에가 들어가서 숨어 버렸습니다.

"옥희야, 옥희 너, 여태 안 왔니?"

하는 어머니 목소리가 바로 뜰에서 나더니

"여태 안 왔군."

하면서 밖으로 나가는 모양이었습니다. 나는 재미가 나서 혼자 흐흥흐흥 웃었습니다.

한참을 있더니 집에서는 왼통 야단이 났습니다. 어머니 목소리도 들리고 외할머니 목소리도 들리고 외삼춘 목소리도 들리고!

"글쎄, 하루 종일 집이라군 안 떠났다가 옥희 유치원 파하구 오문 멕일 과자가 없기에 어머님 댁에 잠간 갔다 왔는데 고 동안에 이런 변이 생긴걸……."

하는 것은 어머니 목소리,

"글쎄 유치원에선 벌써 이십 분 전에 떠났다는데 원 중간에

서…….”

하는 것은 외할머니 목소리,

"하여튼 내 나가서 돌아댕겨 볼웨다. 원 고것이 어델 갔담."

하는 것은 외삼춘의 목소리.

이윽고 어머니의 울음소리가 가늘게 들렸습니다. 외할머니는 무어라고 중얼중얼 이야기하는 모양이었습니다. '이젠 그만하고 나갈까?' 하고도 생각했으나, '지난 주일날 예배당에서 성냈든 앙갚음을 해야지.' 하는 생각이 나서 나는 그냥 벽장 안에 누워 있었습니다. 벽장 안은 답답하고 더웠습니다. 그래서 이윽고 부지중*에 나는 슬며시 잠이 들고 말었습니다.

얼마 동안이나 잤는지요? 이윽고 잠을 깨어 보니 아까 내가 벽장 안으로 들어왔든 것은 잊어버리고 참 이상스러운 데에 내가 누워 있거든요. 어두컴컴하고 좁고 덥고……. 나는 갑자기 무서운 생각이 나서 엉엉 울기 시작했지요. 그러자 갑자기 어데 가까운 데서 어머니의 외마디 소리가 나더니 벽장문이 벌컥 열리고 어머니가 달려들어서 나를 안아 내렸습니다.

"요 망할 것아."

하면서 어머니는 내 엉뎅이를 댓 번 때렸습니다. 나는 더욱더 소리를 내서 울었습니다. 그때에는 어머니는 나를 끌어안고 어머니도 따라 울었습니다.

* 부지중 알지 못하는 동안.

"옥희야, 옥희야, 응 인젠 괜찮다. 엄마 여기 있지 않니, 응, 울지 마라, 옥희야. 엄마는 옥희 하나문 그뿐이다. 옥희 하나만 바라구 산다. 난 너 하나문 그뿐이야. 세상 다 일이 없다. 옥희만 있으문 바라고 산다. 옥희야, 울지 마라. 응, 울지 마라."

이렇게 어머니는 나더러 자꾸 울지 말라고 하면서도 어머니는 끊이지 않고 그냥 자꾸자꾸 울었습니다. 외할머니는

"원 고것이 도깨비가 들렸단 말일까, 벽장 속엔 왜 숨는담."

하고 앉어 있고, 외삼춘은,

"에, 재수, 메유*다."

하면서 밖으로 나갔습니다.

10

이튿날 유치원을 파하고 집으로 오게 된 때 나는 갑자기 어제 벽장 속에 숨었다가 어머니를 몹시 울게 했든 생각이 나서 집으로 돌아가기가 어찌 부끄러워졌습니다. '오늘은 어머니를 좀 기뻐게 해 드려얄 텐데…… 무엇을 갖다 드리문 기뻐할까?' 하고 생각했습니다. 그러자 문득 유치원 안에 선생님 책상 위에 놓여 있든 꽃병 생각이 났습니다. 그 꽃병에는 나는 이름도 모르나 곱고 빨간 꽃이 꽂히어 있었습니다. 그 꽃은 개나

* **메유** '없다'를 뜻하는 중국어 '메이유(没有)'에서 온 말.

리도 아니고 진달래도 아니었습니다. 그런 꽃은 나도 잘 알고 또 그런 꽃은 벌써 폈다가 져 버린 후이었습니다. 무슨 서양 꽃이려니 하고 나는 생각하였습니다. 나는 우리 어머니가 꽃을 사랑하는 줄을 잘 압니다. 그래서 그 꽃을 갖다가 드리면 어머니가 몹시 기뻐하려니 하고 생각하였습니다.

그래서 나는 도로 유치원 방 안으로 들어갔습니다. 마침 방 안에는 아무도 없었습니다. 선생님도 잠깐 어데를 가셨는지 보이지 않었습니다. 그래 나는 그 꽃을 두어 개 얼른 빼 들고 달음질쳐 나왔지요.

집에 오니 어머니는 문간에서 기다리고 있다가 나를 안고 들어왔습니다.

"그 꽃은 어데서 났니? 퍽 곱구나."

하고 어머니가 말씀하셨습니다. 그러나 나는 갑자기 말문이 막혔습니다. '이걸 엄마 드릴라구 유치원서 가져왔어.' 하고 말하기가 어째 몹시 부끄러운 생각이 들었습니다. 그래 잠깐 망설이다가

"응, 이 꽃! 저, 사랑 아저씨가 엄마 갖다 주라구 줘."

하고 불쑥 말했습니다. 그런 거짓말이 어데서 그렇게 툭 튀어나왔는지 나도 모르지요.

꽃을 들고 냄새를 맡고 있든 어머니는 내 말이 끝나기가 무섭게 무엇에 몹시 놀란 사람처럼 화닥닥하였습니다*. 그러고는 금시에 어머니 얼굴이 그 꽃보다도 더 빨갛게 되었습니다.

그 꽃을 든 어머니 손구락이 파르르 떠는 것을 나는 보았습니다. 어머니는 무슨 무서운 것을 생각하는 듯이 방 안을 휘 한 번 둘러보시더니

"옥희야, 그런 걸 받어 오문 안 돼."

하고 말하는 목소리는 몹시 떨렸습니다. 나는 꽃을 그렇게도 좋아하는 어머니가 이 꽃을 받고 그처럼 성을 낼 줄은 참으로 뜻밖이었습니다. 어머니가 그렇게도 성을 내는 것을 보니까 그 꽃을 내가 가져왔다고 그러지 않고 아저씨가 주더라고 거짓말을 한 것이 참 잘되었다고 나는 속으로 생각했습니다. 어머니가 성을 내는 까닭을 나는 모르지만 하여튼 성을 낼 바에는 내게 내는 것보다 아저씨에게 내는 것이 내게는 나었기 때문입니다. 한참 있더니 어머니는 나를 방 안으로 데리고 들어와서,

"옥희야, 너 이 꽃 이 얘기 아무보구두 하지 말아라, 응."

하고 타일러 주었습니다. 나는

"응."

하고 대답하면서 고개를 여러 번 까닥까닥했습니다.

어머니가 그 꽃을 곧 내버릴 줄로 나는 생각했습니다마는 내버리지 않고 꽃병에 꽂아서 풍금 위에 놓아두었습니다. 아마 퍽 여러 밤 자도록 그 꽃은 거기 놓여 있어서 마지막에는 시들었습니다. 꽃이 다 시들자 어머니는 가위로 그 대는 잘라 내

* 화닥닥하다 갑자기 몸을 급하게 움직이다.

버리고 꽃만은 찬송가 갈피*에 곱게 끼워 두었습니다.

내가 어머니께 꽃을 갖다 주든 날 밤에 나는 또 사랑에 놀러 나가서 아저씨 무릎에 앉어서 그림책을 보고 있었습니다. 갑자기 아저씨 몸이 흠칫하였습니다. 그러고는 귀를 기울입니다. 나도 귀를 기울였습니다.

풍금 소리!

그 풍금 소리는 분명 안방에서 흘러나오는 것이었습니다.

"엄마가 풍금 타나 부다."

하고 나는 벌떡 일어나서 안으로 뛰어왔습니다. 안방에는 불을 켜지 않었었습니다. 그러나 그때는 음력으로 보름께가 되어서 달이 낮같이 밝은데 은빛 같은 흰 달빛이 방 한 절반 가득히 차 있었습니다. 나는 흰옷을 입은 어머니가 풍금 앞에 앉어서 고요히 풍금을 타는 것을 보았습니다.

나는 나이 지금 여섯 살밖에 안 되었지마는 하여튼 어머니가 풍금을 타시는 것을 보는 것은 오늘이 처음이었습니다. 어머니는 우리 유치원 선생님보다도 풍금을 더 잘 타시는 것이었습니다. 나는 어머니 곁으로 갔습니다마는 어머니는 내가 곁에 온 것도 깨닫지 못하는지 그냥 까딱 아니하고 앉어서 풍금을 탔습니다. 조곰 있더니 어머니는 풍금 곡조에 맞추어서 노래를 부르기 시작하였습니다. 어머니의 목소리가 그렇게도

* 갈피 겹치거나 포갠 물건의 하나하나의 사이.

아름다운 것도 나는 이때까지 모르고 있었습니다. 어머니는 참으로 우리 유치원 선생님보다도 목소리가 훨씬 더 곱고 또 노래도 훨씬 더 잘 부르시는 것이었습니다. 나는 가만히 서서 어머님 노래를 들었습니다. 그 노래는 마치 은실을 타고 저 별나라에서 내려오는 노래처럼 아름다웠습니다.

그러나 얼마 오래지 않어 목소리는 약간 떨리기 시작하였습니다. 가늘게 떨리는 노랫소리, 그에 따라 풍금의 가는 소리도 바르르 떠는 듯했습니다. 노랫소리는 차차 가늘어지드니 마지막에는 사르르 없어져 버렸습니다. 풍금 소리도 사르르 없어졌습니다. 어머니는 고요히 풍금에서 일어나시더니 옆에 섰는 내 머리를 쓰다듬었습니다. 그다음 순간 어머니는 나를 안고 마루로 나오셨습니다. 어머니는 아모 말씀도 없이 그냥 나를 꼭꼭 껴안는 것이었습니다. 달빛을 함빡 받는 내 어머니 얼굴은 몹시도 쌔하얗다고 생각되었습니다. 우리 어머니는 참으로 천사 같다고 나는 생각하였습니다.

우리 어머니의 쌔하얀 두 뺨 위로는 쉴 새 없이 두 줄기 눈물이 줄줄 흘러내리고 있는 것을 나는 보았습니다. 그것을 보니 나도 갑자기 울고 싶어졌습니다.

"어머니, 왜 울어?"

하고 나도 쿨쩍거리면서 물었습니다.

"옥희야."

"응?"

한참 동안 어머니는 아무 말씀도 없었습니다. 그러나 한참 후에,

"옥희야, 난 너 하나문 그뿐이다."

"엄마."

어머니는 다시 대답이 없으셨습니다.

11

하루는 밤에 아저씨 방에서 놀다가 졸려서 안방으로 들어오려고 일어서니까 아저씨가 하얀 봉투를 서랍에서 꺼내어 내게 주었습니다.

"옥희, 이것 갖다가 엄마 드리고 지나간 달 밥값이라구, 응."

나는 그 봉투를 갖다가 어머니에게 드렸습니다. 어머니는 그 봉투를 받아 들자 갑자기 얼굴이 파랗게 질리었습니다. 그 전날 달밤에 마루에 앉었을 때보다도 더 쌔하얗다고 생각되었습니다. 어머니는 그 봉투를 들고 어쩔 줄을 모르는 듯이 초조한 빛이 나타났습니다. 나는,

"그거 지나간 달 밥값이래."

하고 말을 하니까 어머니는 갑자기 잠자다 깨나는 사람처럼

"응?"

하고 놀라더니 또 금시에 백지장같이 쌔하얗든 얼굴이 발갛게 물들었습니다. 봉투 속으로 들어갔든 어머니의 파들파들 떨리

는 손고락이 지전*을 몇 장 끌고 나왔습니다. 어머니는 입술에 약간 웃음을 띠면서 후 하고 한숨을 내쉬었습니다. 그러나 그것도 잠깐, 다시 어머니는 무엇에 놀랐는지 흠칫하더니 금시에 얼굴이 다시 쌔하얘지고 입술이 바르르 떨었습니다. 어머니의 손을 바라다보니 거기에는 지전 몇 장 외에 네모로 접은 하얀 종이가 한 장 잡혀 있는 것이었습니다.

어머니는 한참을 망설이는 모양이었습니다. 그러더니 무슨 결심을 한 듯이 입술을 악물고 그 종이를 채근채근 펴 들고 그 안에 쓰인 글을 읽었습니다. 나는 그 안에 무슨 글이 쓰여 있는지 알 도리가 없었으나 어머니는 그 글을 읽으면서 금시에 얼굴이 파랬다 발갰다 하고 그 종이를 든 손은 이제는 바들바들이 아니라 와들와들 떨리어서 그 종이가 부석부석 소리를 내게 되었습니다.

한참 후에 어머니는 그 종이를 아까 모양으로 네모지게 접어서 돈과 함께 봉투에 도루 넣어 반짇그릇*에 던졌습니다. 그러고는 정신 나간 사람처럼 멀거니 앉어서 전등만 치어다보는데 어머니 가슴이 불룩불룩합니다. 나는 어머니가 혹시 병이나 나지 않었나 하고 염려가 되어서 얼른 가서 무릎에 안기면서

"엄마, 잘까?"

* **지전** 지폐. 종이에 인쇄하여 만든 화폐(돈).
* **반짇그릇** 바늘, 실, 골무, 헝겊 따위의 바느질 도구를 담는 그릇. 반짇고리.

하고 말했습니다.

엄마는 내 뺨에 입을 맞추어 주었습니다. 그런데 어머니의 입술이 어쩌면 그리도 뜨거운지요. 마치 불에 달군 돌이 볼에 와 닿는 것 같았습니다.

한잠을 자고 나서 잠이 채 깨지는 않았으나 어렴풋한 정신으로 옆을 쓸어 보니 어머니가 없습니다. 가끔가다가 나는 그런 버릇이 있어요. 어렴풋한 정신으로 옆을 쓸면 어머니의 보드라운 살이 만져지지요. 그러면 다시 나는 잠이 들어 버리군 하는 것이었습니다.

어머니가 자리에 없다는 것을 알게 되자 나는 갑자기 무서워졌습니다. 그래서 잠은 다 달아나고 눈을 번쩍 뜨고 고개를 둘러 살펴보았습니다. 방 안에는 불은 안 켰지만 어슴푸레하게* 밝습니다. 뜰로 하나 가득한 달빛이 방 안에까지 희미한 밝음을 던져 주는 것이었습니다. 윗목*을 보니 우리 아버지의 옷을 넣어 두고 가끔 어머니가 꺼내서 쓸어 보시는 그 장롱 문이 열려 있고, 그 아래 방바닥에는 흰옷이 한 무더기 널려 있습니다. 그리고 그 옆에는 장롱을 반쯤 기대고 자리옷*만 입은 어머니가 주춤하고 앉아서 고개를 위로 쳐들고 눈은 감고 무

* 어슴푸레하다 빛이 약하거나 멀어서 어둑하고 희미하다.
* 윗목 온돌방에서 아궁이로부터 먼 쪽의 방바닥. 불길이 잘 닿지 않아 아랫목보다 상대적으로 차갑다.
* 자리옷 잠옷.

엇이라고 입술로 소군소군 외고 있는 것이 보였습니다. 아마 기도를 하나 보다 하고 나는 생각했습니다. 나는 자리에서 일어나서 기어가서 어머니 무릎을 빼개고* 기어 들어갔습니다.

"엄마, 무얼 해?"

어머니는 소군거리기를 그치고 눈을 떠서 나를 한참이나 물끄러미 들여다보십니다.

"옥희야."

"응?"

"가서 자자."

"엄마두 같이 자."

"응, 그래 엄마두 같이 자."

그 목소리가 어째 싸늘하다고 내게 생각되었습니다.

어머니는 돌아가신 아버지의 옷들을 한 가지씩 들고는 가만히 손바닥으로 쓸어 보고는 장롱 안에 넣었습니다. 하나씩 하나씩 쓸어 보고는 장롱에 넣고 하야 그 옷을 다 넣은 때 장롱문을 닫고 쇠*를 채우고 그러고 나서 나를 안고 자리로 돌아왔습니다.

"엄마, 우리 기도하고 자?"

하고 나는 물었습니다. 어머니는 나를 밤마다 재워 줄 때마다

* **빼개다** 두 쪽으로 가르다. 여기서는 '두 무릎을 벌리다'는 뜻으로 쓰임.
* **쇠** 자물쇠.

반드시 기도를 하는 것이었습니다. 내가 할 줄 아는 기도는 주기도문뿐이었습니다. 그 뜻은 하나도 모르지만 어머니를 따라서 자꾸자꾸 해 보아서 지금에는 나도 주기도문을 잘 욉니다. 그런데 웬일인지 어젯밤 잘 때에는 어머니가 기도할 것을 잊어버리고 그냥 잤든 것이 지금 생각이 났기 때문에 나는 그렇게 물었든 것입니다. 어젯밤 자리에 들 때 내가,

"기도할까?"

하고 말하고 싶었으나 어머니가 너무도 슬픈 빛을 띠고 있는 고로 그만 나도 가만히 아모 소리 없이 잠이 들고 말었든 것입니다.

"응, 기도하자."

하고 어머니가 고요히 대답했습니다.

"엄마가 기도해."

하고 나는 갑자기 어머니의 기도하는 보드러운 음성이 듣고 싶어져서 말했습니다.

"하날에 계신 우리 아버지시여."

어머니는 고요히 기도를 시작하였습니다.

"이름을 거룩하게 하옵시며 나라이 임하옵시며 뜻이 하늘에서 이루어진 것처럼 땅에서도 이루어지이다. 오늘날 우리에게 일용할* 양식을 주옵시고 우리가 우리에게 죄지은 자를 용

* **일용하다** 날마다 쓰다.

서하여 준 것처럼 우리 죄를 사하여* 주옵시고, 우리를 시험* 에 들지 말게 하옵시고…… 우리로 시험에 들지 말게 하옵시고…… 시험에 들지 말게…… 시험에 들지 말게……."

이렇게 어머니는 자꾸 되풀이하였습니다. 나도 지금은 맥히지 않고 줄줄 외는 주기도문을 글쎄 어머니가 맥히다니 참으로 우서운* 일이었습니다.

"시험에 들지 말게…… 시험에 들지 말게……."

하고 자꾸만 되풀이하는 것을 나는 참다못해서,

"엄마, 내 마저 하께."

하고,

"다만 악에서 구하옵소서. 대개 나라와 권세*와 영광이 아버지께 영원히 있사옵나이다."

하고 내가 끝을 마치었습니다. 어머니는 한참이나 가만있다가 오래 후에야 겨우

"아멘."

하고 속삭이었습니다.

* **사하다** 지은 죄나 허물을 용서하다.
* **시험** 사람의 됨됨이를 알기 위하여 떠보는 일.
* **우섭다** '우습다'의 사투리.
* **권세** 권력과 세력을 아울러 이르는 말.

12

요새 와서 어머니의 하는 일이란 참으로 알 수가 없는 노릇입니다. 어떤 때는 어머님도 퍽 유쾌하셨습니다. 밤에 때로는 풍금도 타고 또 때로는 찬송가도 부르고 그러실 때에는 나도 너무도 좋아서 가만히 어머니 옆에 앉어서 듣습니다. 그러나 가끔가끔 그 독창은 소리 없는 울음으로 끝을 맺는 때가 많은데, 그런 때면 나도 따라서 울었습니다. 그러면 어머니는 나를 안고 내 얼굴에 돌아가면서 무수히 입을 맞추어 주면서,

"엄마는 옥희 하나문 그뿐이야, 응, 그렇지……."

하시면서 언제까지나 언제까지나 우시는 것이었습니다.

어떤 일요일 날, 그렇지요, 그것은 유치원 방학하고 난 그 이튿날이었어요. 그날 어머니는 갑자기 머리가 아프시다고 예배당에를 그만두었습니다. 사랑에서는 아저씨도 어데 나가고 외삼춘도 어데 나가고 집에는 어머니와 나와 단둘이 있었는데, 머리가 아프다고 누워 계시든 어머니가 갑자기 나를 부르시드니

"옥희야, 너 아빠가 보고 싶니?"

하고 물으십디다.

"응, 우리두 아빠 하나 있으문."

하고 나는 혀를 까부리고* 어리광을 좀 부려 가면서 대답을 했

* **까부리다** '까불다'의 사투리.

습니다. 한참 동안을 어머니는 아모 말씀도 아니하시고 천장만 바라다보시드니

“옥희야, 옥희 아버지는 옥희가 세상에 나오기두 전에 돌아가셨단다. 옥희두 아빠가 없는 건 아니지. 그저 일즉 돌아가셨지. 옥희가 이제 아버지를 새로 또 가지면 세상이 욕을 한단다. 옥희는 아직 철이 없어서 모르지만 세상이 욕을 한단다. 사람들이 욕을 해. 옥희 어머니는 홰냥년*이다 이러구 세상이 욕을 해. 옥희 아버지는 죽었는데 옥희는 아버지가 또 하나 생겼대, 참 망측*두 하지, 이러구 세상이 욕을 한단다. 그리되문 옥희는 언제나 손구락질받구. 옥희는 커두 시집두 훌륭한 데 못가구. 옥희가 공부를 해서 훌륭하게 돼두, 에 그까짓 홰냥년의 딸, 이러구 남들이 욕을 한단다.”

이렇게 어머니는 혼잣말하시듯 뜨문뜨문 말씀하셨습니다. 그러고는 한참 있더니,

“옥희야.”

하고 또 부르십니다.

“응?”

“옥희는 언제나, 언제나, 내 곁을 안 떠나지. 옥희는 언제나 언제나 엄마하구 같이 살지. 옥희는 엄마가 늙어서 꼬부랑 할

* **홰냥년** 화냥년. 자기 남편이 아닌 남자와 정을 통한 여자를 속되게 이르는 말.
* **망측** 도리에 어긋나거나 어이가 없어서 차마 보거나 듣기가 어려움.

미가 되어두 그래두 옥희는 엄마하구 같이 살지. 옥희가 유치원 졸업하구 또 소학교* 졸업하구, 또 중학교 졸업하구, 또 대학교 졸업하구, 옥희가 조선서 제일 훌륭한 사람이 돼두 그래두 옥희는 엄마하구 같이 살지. 응! 옥희는 엄마를 얼만큼 사랑하나?"

"이망큼."

하고 나는 두 팔을 짝 벌리어 뵈었습니다.

"응? 얼만큼? 응! 그망큼! 언제나, 언제나, 옥희는 엄마만 사랑하지. 그리구 공부두 잘하구, 그리구 훌륭한 사람이 되구……."

나는 어머니의 목소리가 떨리는 것으로 보아 어머니가 또 울까 봐 겁이 나서

"엄마, 이망큼, 이망큼."

하면서 두 팔을 짝짝 벌리었습니다.

어머니는 울지 않으셨습니다.

"응, 그래, 옥희 엄마는 옥희 하나문 그뿐이야. 세상 다른 건 다 소용없어, 우리 옥희 하나문 그만이야. 그렇지, 옥희야."

"응!"

어머니는 나를 당기어서 꼭 껴안고 내 가슴이 맥혀 들어올 때까지 자꾸만 껴안아 주었습니다.

* **소학교** '초등학교'의 옛 이름.

그날 밤 저녁밥 먹고 나니까 어머니는 나를 불러 앉히고 머리를 새로 빗겨 주었습니다. 댕기도 새 댕기를 드려 주고, 바지, 저고리, 치마, 모두 새것을 꺼내 입혀 주었습니다.

"엄마, 어디 가?"

하고 물으니까

"아니."

하고 웃음을 띠면서 대답합니다. 그러더니 풍금 옆에서 새로 대린 하얀 손수건을 내리어 내 손에 쥐여 주면서,

"이 손수건, 저 사랑 아저씨 손수건인데, 이것 아저씨 갖다 드리구 와, 응. 오래 있지 말구 손수건만 갖다 드리구 이니 와, 응."

하고 말씀하셨습니다.

손수건을 들고 사랑으로 나가면서 나는 그 손수건 접이 속에 무슨 발각발각하는* 종이가 들어 있는 것처럼 생각되었습니다마는 그것을 펴 보지 않고 그냥 갖다가 아저씨에게 주었습니다.

아저씨는 방에 누워 있다가 벌떡 일어나서 손수건을 받는데, 웬일인지 아저씨는 이전처럼 나보고 빙그레 웃지도 않고 얼굴이 몹시 파래지었습니다. 그러고는 입술을 질근질근 깨밀면서 말 한마디 아니하고 그 수건을 받드군요.

* **발각발각하다** 책장이나 종잇장 따위를 잇따라 넘기는 소리가 나다.

나는 어째 이상한 기분이 돌아서 아저씨 방에 들어가 앉지도 못하고 그냥 뒤돌아서 안방으로 들어왔지요. 어머니는 풍금 앞에 앉어서 무엇을 그리 생각하는지 가만히 있드군요. 나는 풍금 옆으로 가서 가만히 그 옆에 앉어 있었습니다. 이윽고 어머니는 조용조용히 풍금을 타십니다. 무슨 곡조인지는 몰라도 어째 구슬푸고 고즈낙한* 곡조야요.

밤이 늦도록 어머니는 풍금을 타셨습니다. 그 구슬푸고 고즈낙한 곡조를 계속하고 또 계속하면서.

13

여러 밤을 자고 난 어떤 날 오후에 나는 오래간만에 아저씨 방엘 나가 보았더니 아저씨가 짐을 싸누라구 분주하겠지요. 내가 아저씨에게 손수건을 갖다 드린 다음부터는 웬일인지 아저씨가 나를 보아도 언제나 퍽 슬픈 사람, 무슨 근심이 있는 사람처럼 아모 말도 없이 나를 물끄러미 바라다만 보고 있는 고로 나도 그리 자주 놀러 나오지 않었든 것입니다. 그랬었는데 이렇게 갑자기 짐을 꾸리는 것을 보고 나는 놀랐습니다.

"아저씨, 어데 가우?"

"응, 멀리루 간다."

* **고즈낙하다** 고즈넉하다. 한가하고 고요하고 아늑하다.

"언제?"

"오늘."

"기차 타구?"

"응, 기차 타구."

"갔다가 언제 또 오우?"

아저씨는 아무 대답도 없이 서랍에서 이쁜 인형을 하나 꺼내서 내게 주었습니다.

"옥희, 이것 가져, 응. 옥희는 아자씨 가구 나문 아자씨 이내 잊어버리구 말겠지!"

나는 갑자기 슬퍼졌습니다. 그래서

"아니."

하고 얼른 대답하고 인형을 안고 안으로 들어왔습니다.

"엄마, 이것 봐. 아자씨가 이것 나 줬다우. 아자씨가 오늘 기차 타구 먼 데루 간대."

하고 내가 말했으나, 어머니는 대답이 없으십니다.

"엄마, 아자씨 왜 가우?"

"학교 방학했으니깐 가지."

"어데루 가우?"

"아자씨 집으루 가지, 어데루 가."

"갔다가 또 오우?"

어머니는 대답이 없으십니다.

"난 아자씨 가는 거 나쁘다."

하고 입을 쭝깃했으나*, 어머니는 그 말은 대답 않고

"옥희야, 벽장에 가서 달걀 몇 알 남았나 보아라."

하고 말씀하셨습니다.

나는 깡충깡충 방 안으로 들어갔습니다. 달걀은 여섯 알이 있었습니다.

"여스 알."

하고 나는 소리쳤습니다.

"응, 다 가지구 이리 나오나라."

어머니는 그 달걀 여섯 알을 다 삶었습니다. 그 삶은 달걀 여섯 알을 손수건에 싸 놓고 또 반지*에 소곰을 조곰 싸서 한 구퉁이에 넣었습니다.

"옥희야, 너 이것 갖다 아저씨 드리구, 가시다가 찻간에서 잡수시랜다구, 응."

14

그날 오후에 아저씨가 떠나간 다음 나는 방에서 아저씨가 준 인형을 업고 자장자장 잠을 재우고 있었습니다. 어머니가 부엌에서 들어오시드니

* **쭝깃하다** 쭝긋하다. 입술을 삐죽하게 내밀다.
* **반지** 얇고 흰 일본 종이. 종이의 지질이 질기고 거칠다.

"옥희야, 우리 뒷동산에 바람이나 쐬러 올라갈까?"
하십니다.

"응, 가, 가."
하면서 나는 좋아 덤비었습니다.

잠깐 다녀올 터이니 집을 보고 있으라고 외삼촌에게 일르고 어머니는 내 손목을 잡고 나섰습니다.

"엄마, 나 저, 아저씨가 준 인형 가지구 가?"

"그러렴."

나는 인형을 안고 어머니 손목을 잡고 뒷동산으로 올라갔습니다. 뒷동산에 올라가면 정거장이 빤히 내려다보입니다.

"엄마, 저 정거장 봐. 기차는 없군."

어머니는 아모 말씀도 없이 가만히 서 계십니다. 사르르 바람이 와서 어머니 모시 치맛자락을 산들산들 흔들어 주었습니다. 그렇게 산 위에 가만히 서 있는 어머니는 다른 때보다도 더 한층 이쁘게 보였습니다.

저편 산모퉁이에서 기차가 나타났습니다.

"아, 저기 기차 온다."
하고 나는 좋아서 소리쳤습니다.

기차는 정거장에 잠시 머물더니 금시에 삑 하고 소리를 지르면서 움즉이었습니다.

"기차 떠난다."
하면서 나는 손뼉을 쳤습니다. 기차가 저편 산모퉁이 뒤로 사라질 때까지, 그리고 그 굴뚝에서 나는 연기가 하늘 위로 모두 흩어져 없어질 때까지, 어머니는 가만히 서서 그것을 바라다보았습니다.

뒷동산에서 내려오자 어머니는 방으로 들어가시드니 이때까지 뚜껑을 늘 열어 두었든 풍금 뚜껑을 닫으십니다. 그러고는 거기 쇠를 채우고 그 위에다가 이전 모양으로 반짇그릇을 얹어 놓으십디다. 그러고는 그 옆에 있는 찬송가를 맥없이 들고 뒤적뒤적하시드니 빳빳 마른 꽃송이를 그 갈피에서 집어내시드니

"옥희야, 이것 내다 버려라."

하고 그 마른 꽃을 내게 주었습니다. 그 꽃은 내가 유치원에서 갖다가 어머니께 드렸든 그 꽃입니다. 그러자 옆 대문이 삐걱하더니

"달걀 사소."

하고 매일 오는 달걀 장수 노친네가 달걀 버주기*를 이고 들어왔습니다.

"인젠 우리 달걀 안 사요. 달걀 먹는 이가 없어요."

하시는 어머니 목소리는 맥이 한 푼어치도 없었습니다.

나는 어머니의 이 말씀에 놀라서 떼를 좀 써 보려 했으나 석양에 빤히 비치는 어머니 얼굴을 볼 때 그 용기가 없어지구 말

* **버주기** 버치. 속이 우묵하고 위가 넓게 벌어진 큰 그릇.

었습니다. 그래서 아저씨가 주신 인형 귀에다가 내 입을 갖다 대고 가만히 속삭이었습니다.

"얘, 우리 엄마가 거짓부리 썩 잘하누나. 내가 달걀 좋아하는 줄 잘 알문성 생 먹을 사람이 없대누나. 떼를 좀 쓰구 싶다만 저 우리 엄마 얼굴을 좀 봐라. 어쩌문 저리두 새파래졌을까? 아마 어데가 아픈가 보다."

라고요.

활동

1. 이 소설에 나오는 각 인물의 특징과 가치관, 작품 속 역할이 무엇인지 알아보며 다음의 표를 완성해 보자.

인물	특징, 가치관
나	• 옥희, 6세. • 어머니와 사랑손님 사이의 메신저.
어머니	• 24세, 과부, 사랑손님에게 호감을 가짐. •
아저씨	• • 옥희 어머니를 좋아하게 되지만 결국 떠나감.
작은외삼촌	• 중학교에 다니고 있음. • 남녀 사이에 내외하는 관습을 낡은 인습으로 생각함.

2. 다음은 '사랑손님'을 '남자'로, '어머니'를 '여자'로 바꾸어 사건을 정리한 것이다. 괄호 안에 들어갈 말을 써 보자.

장	사건의 전개
1~3	( )인 '여자'와 여섯 살 옥희가 사는 집에 '남자'가 하숙을 들어옴.
4~8	옥희는 반찬으로 ( )을 좋아한다는 '남자'를 잘 따름. '남자'가 ( )에 온 것을 알게 된 '여자'는 당황함.
9~10	'남자'가 ( )을 준 것으로 오해한 '여자'는 그날 밤에 ( )을 치고 눈물을 흘림.
11~12	'남자'가 '여자'에게 ( )에 넣은 편지로 마음을 전하지만, '여자'는 고민 끝에 거절함.
13~14	'남자'가 떠나고, '여자'는 마른 ( )을 버리며 마음을 정리함.

3. 다음은 각 사건에 대한 '나'의 생각을 서술한 것이다. 이 내용으로 미루어 보아 어린아이('나')를 서술자로 내세운 것은 어떤 효과가 있는지 적어 보자.

사건	'나'의 생각
아저씨가 옥희를 귀하게 여기다가 아랫방에 외삼촌이 들어오면 갑자기 태도가 달라짐.	아저씨가 우리 외삼촌을 무서워하나 봐요.
아저씨가 우리 아빠라면 좋겠다는 옥희의 말에 아저씨 얼굴이 빨개지고 목소리가 떨림.	아저씨가 몹시 성이 난 것처럼 보였어요.
예배당에서 아저씨한테 손을 흔들었는데 한 번도 바라다보아 주지도 않고, 어머니는 앞만 바라보며 옥희를 공연히 잡아당김.	아저씨도 어머니도 왜 그리 성이 났는지! 으아 하고 울고 싶었어요.
꽃을 어머니에게 내밀며 아저씨가 갖다주라고 했다고 거짓말을 함.	어머니가 성을 내는 걸 보니, 거짓말한 것이 참 잘되었다고 생각했어요.
하얀 봉투를 받은 어머니는 얼굴색이 파랬다 빨갰다 하고 손이 떨리고 입술이 뜨거워짐.	어머니가 혹시 병이 나지 않았나 염려가 되어 얼른 자자고 말했습니다.
어머니가 시험에 들지 말게 해 달라는 주기도문을 자꾸 되풀이함.	나도 줄줄 외는 주기도문을 어머니가 막히다니 참으로 우스운 일이었습니다.

어리고 순진한 '나'가 주인공들의 속마음을 엉뚱하게 서술하기 때문에

전달해 준다.

4. < 보기 >를 참고하여 이 작품의 주제를 파악해 보자.

보기 ▶ 가부장제는 가장인 남성이 강력한 권한을 가지고 가족 구성원을 통솔하는 가족 형태이다. 조선은 '개가(남편이 죽거나 이혼하여 다른 남자와 결혼함)한 여성의 자손을 벼슬길에 오르지 못하도록 하는 법'이 있을 정도로 강력한 가부장제 사회였다. 1894년 갑오개혁 때 과부의 재혼을 허용하였음에도 불구하고, 「사랑손님과 어머니」가 발표된 1930년대에도 여전히 여성의 재혼은 부정적으로 인식되었다.

- '겉으로 드러난 주제'는 사랑손님과 어머니의 ______________________ 이다.
- '속으로 감춰진 주제'는 ______________________

______________________ 으로 볼 수 있다.

창가 앞에서 두 번째 자리

김민령

김민령

1975년 서울에서 태어났다. 2006년 문화일보 신춘문예에 동화 「작은 집 이야기」가 당선되며 등단했다. 지은 책으로 『나의 사촌 세라』 『누군가의 마음』 『오늘의 인사』가 있다.

✳ 읽기 전에 ✳

전학 온 첫날, 낯선 교실에서 단짝이 되어 준 친구. 그런데…… 그 친구를 기억하는 사람이 아무도 없다면? 이 소설은 조용하면서도 감정에 솔직한 주인공 '모은'이 새 학교로 전학 와서 겪게 되는 이상하고도 특별한 경험을 담고 있어요. 처음으로 친해진 친구 '애나'는 함께 웃고 떠들고, 점심도 같이 먹는 단짝이었는데, 어느 날 갑자기 사라지고 맙니다. 이건 단순한 학교 이야기일까요? 아니면 무언가 더 깊은, 숨겨진 의미가 있는 이야기일까요?

전학 전날, 엄마는 모은이에게 새 단화*를 사 주었다. 별말은 없었지만 축하 선물이 아니라는 점만은 분명했다. 굳이 이름을 붙이자면 위로 선물이라고 해야 할 것이다.

모은이는 아주 어렸을 때 B형 간염 주사인지 홍역 주사인지를 맞으러 가는 길에 엄마가 사 주었던 빨간색 벨벳 머리띠를 떠올렸다.

그때 그 머리띠는 어디로 갔을까.

모은이는 새 단화를 신고 새 학교로 갔다.

담임 선생님은 여자였고, 젊었고, 어깨가 좁은 데다 팔다리가 가늘었다. 둥근 얼굴에 말할 때마다 살짝살짝 보조개가 팼다. 학생들을 모욕하거나 함부로 윽박지를 것 같지는 않았다.

"걱정 마세요. 어머니께서 염려하시는 맘은 잘 알고 있습니다."

담임 선생님은 잠시 모은이한테 눈을 돌렸다. 차갑지도 따뜻하지도 않은 눈빛. 모은이는 슬며시 창밖으로 눈길을 피했다.

* 단화 굽이 낮은 여자들의 구두.

"모은이가 잘 지낼 수 있도록 최선을 다할게요. 걱정하지 마세요."

엄마는 한결 마음을 놓는 눈치였다. 며칠 전부터 엄마는 모은이보다 더 조바심을 내는 것처럼 보였었다. 지난 한 달간 엄마는 모은이만큼 힘들었을 것이다. 엄마는 모은이 손을 꼭 한 번 쥐었다 놓더니, 곧 몸을 돌려 학교를 떠났다.

"얌전한 아이라고 들었다. 그렇다면 아무 문제 없을 거야."

복도를 걷는 동안, 담임 선생님이 모은이를 보지도 않고 말했다.

2학년 3반 교실 앞에 멈추어 서자 담임 선생님은 한동안 창문 너머로 교실 안을 살펴보았다. 교실은 이상하리만치 조용했다. 저쪽 복도 어디에선가 노랫소리가 들려왔다. 옛날부터 전해 오는 쓸쓸한 이 말이 가슴속에 그립게도 끝없이 떠오른다…….

"자, 들어가 볼까?"

담임 선생님이 모은이 어깨를 툭툭 두드렸다.

"김모은이라고 합니다."

모은이는 누가 누구인지 하나도 알 수 없는 아이들 앞에서 꾸벅 인사를 했다. 자기 목소리가 어디 먼 데서 오는 것처럼 느껴졌다. 모은이는 맨 뒤, 빈 책상에 가서 앉았다.

선생님은 모은이가 책가방에서 공책을 꺼내기도 전에 조회를 시작했다. 모은이는 울지 않으려고 안간힘을 써야 했다. 어찐지 소풍 대열에서 혼자 떨어져 나와 낯선 곳을 두리번거리는 기분이었다.

점심시간에 벌써 같이 밥을 먹는 친구가 생겼다. 애나는 모은이가 마주 보고 웃어 주자 단번에 다가왔다.

"네가 전학을 와서 얼마나 좋은지 몰라. 하루 종일 학교에 있으면 보고 듣는 게 얼마나 많은데 말할 사람이 없으면 진짜 답답하잖아. 담임은 학교에서 친구 같은 거 만들지 말라는데 그게 뭐야."

애나는 점심시간에도, 쉬는 시간에도 모은이 옆에서 쉴 새 없이 떠들어 댔다. 애나 이야기에 귀 기울이던 모은이는 자주 웃었다. 애나가 가리키는 대로 아이들을 슬쩍슬쩍 살피다 보니 조금씩 이름을 익힐 수도 있었다. 처음엔 똑같은 교복을 입은 남자애들과 여자애들로밖에 구별되지 않았는데 이제는 몇몇 아이들의 신상 정보까지도 알게 되었다. 누구는 전교 일 등을 도맡아 하고 누구는 가수가 되려고 오디션을 보러 다녔다. 그런 아이들은 예전 학교에도 있었다.

애나는 매점이나 음악실이 어디인지 일러 주고, 자질구레한 학칙이나 선생님들의 특징에 대해서도 설명해 주었다. 모은이는 애나가 반갑고 고마웠다.

"있지, 넌 누구랑 제일 친해?"

"나?"

매점에서 나오는 길이었다. 애나는 계단을 내려오다 말고 우뚝 멈춰 섰다.

그러더니 멍하니 허공에 시선을 두었다. 잠깐 무언가 생각해 내려는 것 같기도 하고, 허둥대는 것 같기도 했다. 모은이와 애나가 멈춰 서 있자, 좁은 계단을 오르내리던 몇몇 애들이 짜증을 부렸다. 남학생 하나가 어깨를 치고 지나가고 나서야 애나는 모은이에게로 눈길을 주었다.

"너."

모은이는 가슴이 철렁 내려앉았다.

"뭐 그런 걸 묻냐, 쑥스럽게스리……"

애나는 팔꿈치로 모은이를 툭 치더니 깡충깡충 뛰어 계단을 마저 내려갔다.

애나는 틈틈이 공책에다 글을 썼다.

애나의 공책은 함부로 휘갈겨 쓴 글씨로 가득했고, 세 권을 셀로판테이프로 단단히 묶어 놓았는데 세 권 모두 귀퉁이가 닳아 있었다. 모은이가 애나의 공책을 살살 쓰다듬었다.

"글 쓰는 애는 처음 봐."

모은이가 감탄하자 애나가 안경을 올리며 배시시 웃었다.

"무슨 글이야?"

"그냥 이런 거 저런 거."

애나는 볼펜 끝을 입에 물고 잠시 생각에 잠겼다. 꿈을 꾸는 듯, 어디 먼 곳을 헤매는 듯. 모은이는 애나의 동그란 이마와 빨간색 뿔테 안경, 볼펜을 살짝 물고 있는 예쁜 입술을 마음껏 바라보았다.

“지금 쓰는 건 소설인데, 주인공은 학교 창가 자리에 앉아서 늘 만화를 그려. 한 시간만 지나도 책상 위에는 지우개 가루가 수북이 쌓일 정도야.”

“오, 궁금하다.”

“완성되면 제일 먼저 보여 줄게. 꼭.”

애나는 공책을 가슴에다 꼭 끌어안았다.

애나는 소설 쓰기에 열심이었다. 수업 시간에도 틈틈이 선생님들 눈을 피해 슬그머니 공책을 꺼내 펼쳐 놓곤 했다. 그럴 때마다 모은이는 마음이 조마조마했다.

아직 점심시간도 지나지 않았는데 땡볕이었다. 이런 날 체육이라니, 아이들은 투덜거리며 운동장으로 나갔다.

“아, 싫다. 차라리 생물 시간을 택하겠어.”

삑! 체육 선생님이 호루라기를 불자 아이들은 건성으로 대열을 맞춰 섰고 호루라기 소리에 맞춰 대충대충 몸풀기 체조를 시작했다. 잠깐 팔다리를 움직였을 뿐인데도 땀이 줄줄 흘러내렸다.

다행히도 체육 시간은 그것으로 끝이었다. 나머지 시간은 운동장 한편 그늘 아래서 때우기로 했다.

모은이와 애나는 화단에 나란히 걸터앉았다. 둘 다 더위에 지친 탓에 별말이 없었다. 옆 수돗가에서는 몇몇 남자애들이 머리까지 수도꼭지에 들이대고는 법석을 떨었다.

모은이는 멍하니 앞을 바라보았다.

운동장은 땡볕 아래 이글이글 불타고 있었다. 운동장 건너 학교 건물 역시 햇볕 아래 놓여 있기는 마찬가지였다. 모르긴 몰라도 교실 안은 숨 막히게 더울 게 분명했다.

모은이는 무심코 2학년 3반 교실이 어디쯤일지 더듬어 보기 시작했다. 2층이고, 중앙 현관에서 옆에, 옆에…… 저기다. 저기가 바로 우리 교실이다. 모은이는, 좀 이상하긴 하지만 살짝 그립기까지 한 느낌에 사로잡혀서 교실 창문을 바라보았다. 저기가 우리 교실이고, 저 안에 내 자리가 있다.

그때 문득 교실 안에서 무언가 움직이는 게 보였다.

"어?"

누군가 교실 창가에 앉아 있다. 거리가 멀어서 누구인지 알아볼 수는 없지만 확실히 동그란 머리통이 까딱거리고 있다.

옆에서 꾸벅꾸벅 졸고 있던 애나가 퍼뜩 깨어났다.

"우리 교실에 누가 있어!"

"어디, 어디?"

애나는 손차양*을 만들어 이마에 댔다.

"누구야, 누구! 난 안 보이는데……."

얼마 동안 엉덩이를 들썩이며 눈을 부릅뜨던 애나가 이내 피식, 웃었다.

* **손차양** 햇볕을 가리기 위해 이마를 손으로 가림. 또는 그때의 손 모양.

"에이, 잘못 봤어."

"분명히 누군가 있었는데……."

"아까 내가 교실 문 잠갔어. 열쇠도 내 주머니에 있는데?"

"이상하네. 분명히 창가 앞에서 두 번째 자리쯤에 누가 앉아 있었는데."

모은이도 애나처럼 햇빛을 가리고는 다시 한번 교실 쪽을 바라봤다. 지금은 아무도 보이지 않는다.

"에이, 그렇다면 더더욱 그럴 리 없지."

"왜?"

"창가 앞에서 두 번째 자리에는 아무도 앉지 않거든. 거긴 벌받는 자리야."

"벌받는 자리?"

모은이가 어리둥절한 얼굴로 물었다.

"떠들거나 성적이 떨어지거나 뭘 잘못하면 거기 앉아. 담임이 정해 둔 거야."

모은이는 고개를 갸우뚱했다.

"그게 무슨 벌이야. 거기 앉아 있으면 뭐, 다른 애들이 말을 걸지 않거나 그러는 거야?"

"글쎄…… 지금껏 거기 앉은 애가 없어서 모르겠는데."

애나는 다시 팔짱을 끼고 고개를 숙였다.

교실로 돌아오자 애나는 자물쇠를 따고 뒷문을 드르륵 열더니 모은이에게 확인해 보라는 듯 옆으로 비켜섰다. 교실 안은 벗어 둔 옷가지들로 어수선해 보였지만 역시 아무도 없었다. 애나가 어깨를 으쓱했다.

모은이는 자기도 모르게 창가 자리로 다가갔다. 책상 위에는 지우개 가루가 수북이 쌓여 있었다. 지우개 가루? 머릿속에 무언가 떠오르는 듯 마는 듯 하다가 순식간에 사라져 버렸다. 모은이는 잠시 서 있다가 옷을 갈아입으러 갔다.

애나의 소설 공책은 이제 네 권으로 늘어났다. 애나는 볼펜을 돌려 분해한 뒤 심을 살펴보고 있었다.

"볼펜이 얼마 남지 않았어. 고지가 보인다."

"소설 쓰는 게 목표야, 아니면 볼펜 다 쓰는 게 목표야?"

"당연히 소설이지."

모은이는 그런 애나를 가만히 바라보다가 말을 꺼냈다.

"너 있지, 수업 시간에는 소설 쓰지 마."

"왜?"

"걸리면 어떡해."

"걱정 마. 내가 선생님 눈을 피하는 데는 도가 텄거든. 절대 안 들켜."

애나가 손사래를 치며 가볍게 대꾸했다.

모은이가 아는 한 2학년 3반 아이들 중에는 크게 말썽을 부리는 아이가 없었다. 어느 반에나 한 명쯤 있게 마련인 문제아도 없고, 수업 시간에 딴짓하다가 걸리는 아이도 없었다. 반듯

하고 말 잘 듣는 아이들만 모아 놓은 것 같았다. '얌전한 아이라고 들었다, 그렇다면 아무 문제 없을 거야.' 모은이는 담임이 했던 말을 잊지 않고 있었다.

그래서 더욱, 애나가 마음에 걸렸다. 애나가 수업 시간에 공책을 꺼내 놓고 끄적거리고 있으면 모은이도 수업에 집중을 할 수 없었다.

그날도 애나는 교과서 아래 공책을 숨겨 두고는 빠른 속도로 글을 써 내려가고 있었다. 하필 담임 선생님이 담당하는 도덕 시간이었다.

아이들은 담임이 들어올 때마다 눈에 띄게 긴장을 했다. 담임 선생님이 특별히 목소리를 높이거나 인상을 쓰지 않는데도 아이들 사이에 어떤 두려움 같은 것이 흐르는 게 느껴졌다. 국영수처럼 수업이 자주 있는 편이 아니어서 다행이다 싶을 정도였다.

"……우리에겐 사회 구성원으로서 지켜야 할 규범이라는 게 있다. 이러한 시민 윤리를 꼭 거창하게 생각할 필요는 없겠지. 너희처럼 중학생이라면 중학생 나름의 윤리가 있을 테고……."

어느 순간, 담임 선생님이 말을 멈추고 어느 한곳을 뚫어져라 바라보았다. 아이들이 담임의 시선을 따라 그쪽으로 일제히 고개를 돌렸다. 모은이는 등줄기가 서늘해졌다.

담임 선생님이 성큼성큼 걸음을 옮겼다. 모은이는 온몸이 굳어 버린 채 눈동자만 돌려서 애나 쪽을 바라보았다. 애나는 지금 어떤 일이 벌어지고 있는지 전혀 모르는 눈치였다. 애나의 오른손에 쥔 볼펜이 쉴 새 없이 까닥거리고 있었다.

"뭐 하는 거지?"

애나는 의자에서 튀어 오를 것처럼 놀랐고, 서둘러 공책을 덮었다.

"수업 시간에 뭐 하는 거지?"

담임 선생님이 다시 한번 물었다. 목소리는 말할 수 없이 차가웠다. 애나는 겁에 질린 눈으로 담임을 올려다보고는 이내 고개를 푹 숙였다.

"그거 이리 내."

선생님은 평상시 같은 목소리로 담담하게 말했다.

모은이는 침을 꿀꺽 삼켰다. 애나가 공책을 순순히 내줄 것 같지 않았다. 아니나 다를까, 애나는 잽싸게 공책을 잡아당기더니 가슴에 꽉 끌어안았다.

"뭐 하는 거지? 내 말 못 들었어?"

선생님의 목소리가 높아졌다.

"당장 이리 내!"

담임이 손바닥을 펼쳐 애나에게 내밀었다. 하지만 애나는 공책을 끌어안은 채 조금도 움직이지 않았다. 한동안 교실 전체가 얼어붙은 듯했다. 모든 아이들이 숨소리도 내지 않으려고 애를 쓰는 것 같았다.

모은이는 갑자기 오줌이 마려웠다. 무서웠다. 금방이라도 우당탕 소리를 내며 교실 바닥에 내동댕이쳐지는 애나를 볼 것만 같았다.

"정말 안 되겠구나. 이번 시간 끝나면 당장 짐 싸서 벌받는 자리로 옮겨."

그렇게 말한 다음, 담임 선생님은 다시 교탁 앞으로 돌아갔다. 애나는 여전히 공책을 끌어안은 채였다. 모은이는 조그맣게 한숨을 내쉬었다.

그날 밤, 모은이는 자기 이야기를 애나에게 털어놓아야겠다고 마음먹었다. 어째서 그 학교 수학 선생님에게 찍혔고 수시로 체벌을 당했는지, 얼마나 억울하고 힘들었는지 이야기할 작정이었다. 엄마가 학교로 찾아갔을 때 모은이 편을 들어준 선생님은 하나도 없었으며, 아이들도 모은이에게서 등을 돌렸다. 그 이야기를 들려주면 애나도 자기 이야기를 들려줄 것이었다. 왜 다른 아이들하고 친해지지 못했는지, 왜 그렇게 공책에 연연해*하는지.

모은이는 휴대 전화를 집어 들다가 자신이 여태 애나의 전화번호조차 모른다는 사실을 깨달았다. 어떻게 그럴 수 있었

* **연연하다** 집착하여 미련을 가지다.

을까? 어째서 문자 한 통 주고받지 않았을까? 학교에서는 한시도 떨어질 틈이 없이 붙어 다녔는데. 지난 몇 달 동안 친구 하나 없이 지내 온 탓에 전화번호 묻는 것조차 잊어버린 것 같았다. 그건 아마 애나도 마찬가지였을 것이다.

다음 날, 모은이는 평소보다 일찍 학교로 갔다. 창가 앞에서 두 번째 자리, 애나의 새 자리는 비어 있었다.

모은이는 조바심을 내며 애나를 기다렸다. 애나가 오면 아무렇지도 않게 대해야지, 모은이는 그렇게 애나를 기다렸다.

하지만 조회 시간이 시작되어 담임 선생님이 들어올 때까지도, 애나의 모습은 보이지 않았다. 담임도 애나가 없는 것을 두고 별다른 내색이 없었다. 혹시 따로 상담실 같은 데 불려 가서 벌을 받는 걸까?

조회가 끝난 뒤, 모은이는 애나 자리로 가서 가방이 있는지 살펴보았다. 없었다.

그 뒷자리 아이는 필통을 뒤적거리며 무언가 찾고 있었다.

"저기 있지, 오늘 애나 안 왔니?"

아이가 고개를 들어 모은이를 쳐다보았다. 그러고는 고개를 살짝 갸우뚱했다.

"누구라고?"

뒷자리 아이가 물었다.

"애나……."

"애나?"

그 아이는 마치 애나를 모르는 것처럼 굴었다.

모은이는 화가 났다. 아무리 별 존재감이 없는 아이라 하더라도 그렇게 모르는 것처럼 굴 것까지야 없지 않을까?

"애나, 애나 말이야. 어제 이 자리로 옮겨 왔잖아."

"애나가 누구야?"

모은이는 결국 분통을 터뜨렸다.

"정말 너무한다!"

큰 소리가 나자 교실 안 아이들이 모은이 쪽으로 고개를 돌렸다.

"어쩜 같은 반 애를 모른 척할 수가 있니? 애나가 뭘 그렇게 잘못했는지는 몰라도, 어떻게 그래?"

뒷자리 아이가 벌떡 일어났다.

"왜 이래? 애나가 대체 누군데 그러는 거야?"

그 아이는 씩씩거리며 모은이를 똑바로 노려보았다.

"쟤 왜 그래?"

"애나가 누구야?"

"애나? 누구 말하는 거지?"

주위 아이들이 한마디씩 쏟아 냈다.

"애나 말이야…… 나하고 같이 다니던 애…… 밥도 같이 먹고, 안경 쓰고……."

모은이는 당황한 탓에 말이 제대로 나오지 않았다.

"너 늘 혼자 다녔잖아."

뒷자리 아이가 차갑게 대꾸했다.

모은이는 아무 말도 하지 못하고 아이들을 하나씩 둘러보았다.

"애나? 성이 뭔데?"

누군가 물었다.

모은이는 그제야 퍼뜩 정신이 들었다. 애나의 성이 뭐냐고? 그러고 보니…… 모은이는 애나의 성도 모른다!

모은이가 어쩔 줄 모르고 서 있자 아이들이 다시 웅성대기 시작했다.

"애나라는 애 알아?"

"아니, 처음 들어 보는데."

뒷자리 아이가 마지막으로 한마디 했다.

"그리고 이 자리는 언제나 비어 있었어. 벌받는 자리라 아무도 앉은 적이 없다구!"

수업 종이 울렸다. 몰려들었던 아이들도 순식간에 흩어져 버렸다.

모은이는 비틀거리며 자리로 돌아와 앉았다.

그날, 모은이는 내내 혼자였다. 그 전에, 언제나 그랬던 것처럼. 쉬는 시간에는 책상 위에 엎드려 있었고, 점심은 굶었다.

점심시간에 책상에 엎드린 채 그 자리를 바라보았다. 책상 위로 햇빛이 한가득 쏟아져 들어오고 있었다. 애나는 어디에도 없었다.

5교시는 과학 시간이었다. 생물 선생님이 여느 때처럼 교실로 느릿느릿 걸어 들어와서는 교탁 앞에 섰다. 선생님이 중얼대는 듯한 낮은 목소리로 수업을 시작하자 아이들은 슬그머니 한 뼘씩 자세를 낮추었다. 과학 시간만큼은 긴장하지 않아도 좋았다. 모은이는 과학책을 펼 생각도 하지 못한 채 교탁 앞에 있는 선생님을 멍하니 쳐다보았다. 생물 선생님 입가에 조금씩 침이 고이고 있었다.

수업 시간이 반쯤 흘러갔을 때 모은이는 자리에서 벌떡 일어섰다. 칠판에 필기를 하던 선생님이 놀란 눈으로 모은이를 돌아보았다. 아이들도 부스스 등을 세우고는 모은이 쪽으로 눈길을 돌렸다. 교실 전체가 급하게 잠에서 깨어나는 듯했다.

모은이는 뚜벅뚜벅 걸어, 창가 앞에서 두 번째 자리로 갔다. 그리고 선생님이나 아이들의 놀란 표정에도 아랑곳없이* 그 자리에 앉았다. 모은이는 겁이 나지도 않았고, 눈물이 나지도 않았다.

눈을 감고 가만히 서랍 속으로 손을 넣었다. 무언가 손에 잡혔다. 꺼내 보지 않아도 무엇인지 알 수 있었다. 모은이는 두툼하게 묶은 공책을 꺼내며 고개를 들었다.

교실은 텅 비어 있었다. 햇살에 그만 눈이 부셨다.

* **아랑곳없이** 어떤 일에 참견을 하거나 관심을 둘 필요가 없이.

활동

1. 다음은 사건을 정리한 것이다. 알맞은 단어로 빈칸을 채워 보자.

가. 전학 첫날: 전학 온 첫날, 모은이는 새 반에 들어가고 담임은 '□□한 아이면 문제없다.'고 말한다.

나. 애나와의 만남: 모은이는 점심시간에 애나와 친구가 되고, 애나가 공책에 □□을 쓰는 것을 알게 된다.

다. 창가 자리의 비밀: 체육 시간에 창가 앞 두 번째 자리에 누군가 있는 듯 보이지만, 애나는 '그 자리는 □받는 자리'라고 말한다.

라. 도덕 시간 사건: 도덕 시간, 애나가 수업 중 공책에 소설을 쓰다 담임에게 들키고, 벌받는 자리로 옮기라는 지시를 받는다.

마. 애나의 사라짐: 다음 날, 애나가 학교에 나타나지 않고, 반 친구들은 '애나를 □□□.'고 말한다.

바. 모은이의 선택: 혼자 남은 모은이는 결국 창가 앞 두 번째 자리에 앉아 □□을 발견한다.

2. '애나'는 2학년 3반에 실제 존재하는 인물이었을까, 아니면 모은이의 상상 속 인물이었을까? 그렇게 생각하는 이유를 설명해 보자.

3. 이 소설의 시점에 대해 생각해 보고 다음 물음에 답해 보자.

❶ 작가가 '3인칭 시점'을 선택한 이유는 무엇일까?

❷ 모은이의 입장에서 '1인칭 시점'으로 쓰인 <보기>의 장면을 보고, 이 소설이 택한 3인칭 시점과 비교해 어떤 효과가 있는지 이야기해 보자.

보기 ▶ 나는 창가 앞 두 번째 자리에 앉아 있었다. 낯선 교실 공기가 자꾸 나를 짓누르는 것 같았다. 선생님이 출석을 부를 때마다 심장이 쿵쿵 뛰었다. 갑자기 애나가 공책을 꼭 끌어안고 일어섰다. 순간, 나도 모르게 숨을 죽였다. 다른 아이들이 애나를 이상하게 쳐다보는 게 느껴졌다. 그때 나는 더 외롭고 불안해졌다.

4. 이 소설은 열린 결말로 마무리하고 있다. '열린 결말'이란 작가가 이야기의 끝을 명확히 제시하지 않고 독자의 상상에 맡기는 것을 말한다. 뒷이야기를 상상해서 이어 써 보자.

코르니유 영감님의 비밀

알퐁스 도데

알퐁스 도데(Alphonse Daudet)

1840년 프랑스 남부의 도시 님에서 태어나 1897년 세상을 떠났다. 공립 중학교 교사로 일하다가 파리로 건너가 1859년 첫 시집 『연인들』을 출간하며 작품 활동을 시작했다. 1870년 프랑스-프로이센 전쟁이 일어나자 군에 입대해 전쟁을 몸소 겪기도 했다. 단편집 『풍차 방앗간 편지』 『월요 이야기』, 장편소설 『타라스콩의 타르타랭』 『사포』를 비롯해 많은 작품을 남겼다. 프로방스의 자연을 배경으로 양치기의 사랑 이야기를 그린 단편소설 「별」을 비롯해 「아를의 여인」 「마지막 수업」 등이 특히 많은 사랑을 받았다.

* 읽기 전에 *

증기 방앗간이 들어오면서 사람들이 하나둘씩 떠난 오래된 풍차 방앗간 마을. 하지만 마을 어귀엔 아직도 매일같이 풍차를 돌리는 한 사람, 바로 코르니유 영감이 있습니다. 그런데 이상합니다. 풍차는 돌아가는데, 밀가루 냄새는 안 나거든요. 도대체 이 노인은 무엇을 숨기고 있는 걸까요? 이 작품은 단순한 '비밀 이야기'가 아니에요. 소설 속 화자는 기계 문명이 들어오면서 사라져 가는 전통, 그 속에서도 자존심을 지키려는 한 노인의 고집, 자부심, 그리고 진심을 전하지요. 읽다 보면 '영감님은 왜 저렇게까지 할까?' 궁금해질 거예요. 마지막 장에선 살짝 울컥하거나 웃게 될지도 몰라요.

프랑세 마마이라는 피리 부는 노인은 이따금 내게 와서 뱅키*를 마시며 밤을 새우곤 했습니다. 어느 날 밤 노인은 이 마을에서 일어났던 작은 사건에 대해 이야기해 주었습니다. 바로 내가 지금 지내고 있는 풍차 방앗간*에서 20년 전에 일어난 일이지요. 피리 부는 노인의 이야기가 내 마음을 울려서 들었던 그대로 독자 여러분에게 이야기해 주려고 합니다.

자, 독자 여러분, 당신 앞에 지금 아주 향기 좋은 포도주 단지가 놓여 있고 피리 부는 할아버지가 이야기를 들려주고 있다고 잠시 상상해 보시지요.

이봐요, 파리 양반, 우리 고장이 지금처럼 늘 활기도 없고 이름 없는 곳은 아니었다오. 예전에는 밀 빻는 방앗간이 아주 번창했지. 사방 100리 되는 곳으로부터 농부들이 밀을 빻으려고 이리로 몰려들어 왔어요……. 마을을 둘러싸고 있는 언덕마다

* **뱅키** 포도를 으깨어 가열한 것에 향료를 첨가해서 빚은 술.
* **풍차 방앗간** 풍차의 힘으로 곡식을 찧거나 빻는 곳.

풍차들이 서 있었지. 사방 어디를 둘러보아도 미스트랄* 바람을 받아 솔밭 위에서 돌아가는 풍차 날개, 포대를 지고 길을 따라 줄지어 오르내리는 작은 노새들만 보일 뿐이었다오.

일주일 내내 언덕 위에서는 채찍질 소리, 밀가루 포대들이 부딪히며 뽀드득거리는 소리, 방앗간 조수들이 '이랴' 하며 노새 모는 소리들이 기분 좋게 들렸지……. 일요일이면 우리는 방앗간으로 몰려갔다오. 그러면 방앗간 주인들이 사향 포도주를 내놓았지. 레이스 달린 숄을 두르고 금 십자가를 목에 건 여주인들은 왕비처럼 아름다웠다오. 나는 피리를 가지고 갔고, 사람들은 밤이 깊을 때까지 파랑돌* 춤을 추었지. 그래요, 그 풍차들은 우리 고장의 기쁨이었고 재산이었다오.

불행하게도 파리에서 온 사람들이 타라스콩 가도*에 증기 제분소*를 세울 생각을 했다오. 정말 멋지고 새로운 제분소를! 사람들은 밀을 차츰 그 제분소로 보내게 되었고 가엾은 풍차 방앗간은 일감이 떨어져 갔다오. 한동안 풍차들도 버텼지. 하지만 증기를 당해 낼 수는 없었다오. 가엾게도 풍차 방앗간은 하나둘씩 문을 닫을 수밖에 없었지요. 더 이상 노새도 오지 않고……. 아름다운 여주인들은 금 십자가를 팔아 버렸

* **미스트랄** 프랑스의 론강을 따라 리옹만으로 부는 강한 북풍.
* **파랑돌** 프로방스 지방의 민속춤.
* **가도** 차나 사람이 많이 다니는 큰길.
* **제분소** 곡식이나 약재 따위를 가루로 만드는 일을 전문으로 하는 곳.

고……. 더 이상 사향 포도주도 파랑돌 춤도 없었지. 북풍이 아무리 불어와도 풍차 날개는 더 이상 돌지 않았다오……. 그러던 어느 화창하던 날, 면에서 보낸 사람들이 풍차 방앗간들을 헐어 버리고 그 자리에 포도나무와 올리브나무를 심었지. 하지만 모든 풍차들이 쓰러져 가는 가운데 언덕 위에서 오직 하나의 풍차만이 제분소를 마주 보며 힘차게 돌고 있었다오. 그게 바로 코르니유 영감의 풍차 방앗간, 그러니까 우리가 지금 이렇게 마주 앉아 밤새 이야기를 나누고 있는 이곳이라오.

코르니유 영감님은 60년 동안 밀가루 속에 파묻혀 살면서 방앗간 일밖에는 모르는 사람이었다오. 제분소가 들어서자 그는 거의 미친 사람 같았다오. 일주일 동안 그는 온 마을을 뛰어다니며 사람들을 모아 놓고 저놈들이 제분기로 빻은 밀가루로 프로방스 사람들을 독살하려 한다고 목이 터져라 외쳤다오.

"저 강도 같은 놈들에게 가면 안 돼! 빵을 만들기 위해 증기를 사용하다니! 그건 마귀가 만든 거야! 빵은 나처럼 하느님의 숨결인 미스트랄과 트라몽탄* 바람으로 만들어야 해!"

영감님은 입에 거품을 물고 풍차가 얼마나 좋은 것인지 열변*을 토했다오. 하지만 그의 말에 귀를 기울이는 사람은 아무

* **트라몽탄** 프랑스의 피레네산맥과 중앙 산지를 넘어 부는 북풍.
* **열변** 어떤 주제에 대해 열의에 가득 차서 말함. 또는 그런 말.

도 없었지.

화가 머리끝까지 치솟은 영감님은 방앗간에 처박혀서 마치 맹수처럼 혼자 지냈다오. 심지어 열다섯 살 된 손녀 비베트조차 곁에 두려 하지 않았지. 그 아이는 부모님이 돌아가신 뒤에 이 세상에 오로지 할아버지 한 분밖엔 없었다오. 가엾은 소녀는 자기 힘으로 제 앞가림을 해야 했기에 이 집 저 집에서 추수하는 일, 누에 치는 일, 올리브 따는 일 등 닥치는 대로 품팔이* 를 해야 했다오. 그렇지만 할아버지는 여전히 손녀를 극진히 사랑하는 것 같았다오. 땡볕 속에 40리 길이나 걸어서 그 애를 보려고 그 애가 일하는 농가로 찾아가곤 했으니 말이오. 할아버지는 손녀를 만나면 몇 시간 동안 눈물을 흘리며 그 애를 바라만 보고 있었다오.

마을 사람들은 영감님이 구두쇠라서 손녀를 그런 식으로 내보냈다고 생각했다오. 손녀를 그렇게 이 집 저 집 떠돌며 머슴들의 행패에 시달리게 하고, 그런 젊은 나이에 겪을 수 있는 힘든 일이란 힘든 일은 다 겪게 하다니 영감님 같은 분이 어찌 그럴 수 있느냐고 수군거렸지요. 게다가 이제까지 남들의 존경을 받고 '영감님'이라는 존칭을 받던 양반이 맨발에 구멍 뚫린 모자를 쓰고, 너덜너덜한 허리띠를 한 채 떠돌이 거지처럼 길을 걸어가는 모습을 보고 고개를 저을 수밖에 없었다오. 우

* **품팔이** 품삯을 받고 남의 일을 해 주는 일.

리 같은 늙은이들은 주일날 그가 미사에 오는 모습을 보면 창피하다는 생각까지 들었지. 코르니유 영감님도 그걸 느끼고는 집사들이 앉아 있는 자리 가까이 와서 앉을 생각도 안 했다오. 그는 언제나 성당 구석 안쪽 성수반* 곁에 가난한 사람들 사이에 앉곤 했지.

코르니유 영감님의 생활에는 뭔가 석연치* 않은 게 있었다오. 오래전부터 마을 사람 그 누구도 그에게 밀을 빻으러 가지 않았는데도 풍차 날개는 여전히 전처럼 돌고 있었거든……. 저녁이면 등에 밀가루 포대를 잔뜩 실은 노새를 몰고 오는 그를 길에서 만날 수 있었다오.

"안녕하세요, 영감님!" 그를 본 농부들이 큰 소리로 인사를 했지. "방앗간이 여전히 잘 돌아가나 봅니다."

"암, 여전하지." 영감님은 쾌활하게 대답했다오. "고맙게도 일감이 떨어지질 않는다네."

누군가 그에게, 아니 도대체 어디서 일감이 생기느냐고 물으면 그는 손가락을 입술에 대고 심각한 투로 대답했어요.

"쉿! 아무 말 말게. 다른 곳으로 내다 팔 밀을 빻고 있어."

그 이상은 아무것도 알아낼 수가 없었다오.

그의 방앗간 안에 코빼기를 내민다는 것은 생각조차 할 수

* **성수반** 성당 입구 등에 놓아두는 물그릇. 신자들이 이 물을 손끝에 찍어 머리, 가슴, 양쪽 어깨의 순서로 성호를 긋는다.
* **석연하다** 의혹이나 꺼림칙한 마음이 없이 개운하다.

없는 일이었고. 손녀 비베트까지도 들어가 보지 못하는 곳이었으니까…….

그 앞을 지나가다 보면 문은 굳게 닫혀 있었지만 커다란 날개는 여전히 돌고 있었고 노쇠한 노새가 마당의 잔디를 뜯어 먹고 있었으며 커다란 야윈 고양이가 창가에서 햇볕을 쬐며 심술궂게 우리를 쳐다보고 있었다오.

이 모든 게 너무 수상쩍어서 사람들은 이러쿵저러쿵 많이도 떠들어 댔다네. 모두들 자기 식으로 코르니유 영감의 비밀에 대해 저마다 한마디씩 했지만 방앗간 안에는 밀 포대보다 돈 자루가 많을 것이라는 데는 대체로 의견의 일치를 보았지.

결국 모든 게 탄로 나고 말았지. 자, 들어 보시구려.

어느 날 젊은이들이 내 피리 소리에 맞춰 춤을 출 때였소. 나는 내 큰아들놈과 귀여운 비베트가 서로 좋아하는 사이가 되었다는 걸 눈치챘지. 사실 내심 싫지는 않더군. 어쨌든 코르니유라는 성(姓)은 우리 집안으로서는 명예로운 성이었고 비베트라는 예쁘고 귀여운 새가 집 안을 뛰어다닐 거라는 생각만 해도 즐거웠거든. 다만 둘이 너무 자주 함께 있는 것 같아 무슨 사고라도 칠까 봐 일을 당장 마무리 짓고 싶었다오. 나는 영감님과 몇 마디 상의라도 해 볼 양으로 방앗간으로 올라갔지.

아, 정말 고약한 영감탱이! 나를 어떤 식으로 맞았는지 알겠소? 아예 문을 열어 주지도 않았다니까! 나는 열쇠 구멍을 통해 내가 찾아온 이유를 대강 설명했소. 내가 이야기를 하는 동안 그 말라깽이 고양이가 머리 위에서 악마처럼 가르랑거리고 있었다오.

그 노인네는 내가 미처 말을 끝내기도 전에 돌아가 피리나 불고 있으라고 고함을 치더군. 아들을 장가보내고 싶어 그렇게 안달이 났으면 증기 제분소 여자들이나 찾아보라고……. 그런 악담을 들으니 피가 거꾸로 치솟는 것 같았지. 하지만 나 정도 되니까 용케 참을 수 있었지. 나는 그 정신 나간 노인네를 방앗간에 놔둔 채 애들에게 돌아와 일이 잘 안되었다고 알렸다오. 가엾은 양 같은 아이들은 믿을 수 없었지. 아이들은 자기들이 방앗간으로 가서 직접 할아버지에게 말씀드릴 수 있게 해 달라고 내게 간청했다오. 나는 거절할 수가 없었지. 아, 그러자 둘이 득달같이* 밖으로 뛰쳐나가더군.

그 애들이 그곳에 도착했을 때 코르니유 영감은 외출 중이었던가 보오. 문은 이중으로 잠겨 있었지. 그런데 그 늙은이가 외출하면서 사다리를 놓고 갔던 거요. 순간 두 아이에게 창문을 통해 안으로 들어가 저 유명한 풍차 방앗간 안에 도대체 무엇이 있는지 보고 싶다는 생각이 떠오른 거요.

정말 이상한 일이지! 방앗간 안은 텅 비어 있었으니……. 포대 자루 하나도, 밀알 한 톨도 없었던 거요. 벽에도, 심지어 거

* **득달같이** 잠시도 머뭇거림 없이.

미줄에조차 밀가루는 흔적조차 없었다오. 밀을 빻을 때 방앗간 안에서 풍기는 훈훈한 향기도 맡을 수 없었지. 방아* 축대*에는 먼지만 뽀얗게 쌓여 있었고 커다란 고양이가 그 위에서 졸고 있었소.

아래층 방도 궁상맞고* 되는대로 엉망인 상태였지. 형편없는 침대에, 누더기 몇 개가 바닥에 나뒹굴고 있었고 계단 위에 빵 조각이 하나 놓여 있을 뿐이었소. 그리고 방 한구석에 놓여 있는 터진 포대에서는 횟가루와 백토(白土)*가 흘러나와 있었다오.

그래, 그게 바로 코르니유 영감님의 비밀이었소! 풍차 방앗간의 체면을 살린답시고 저녁마다 이 백토를 담은 포대를 노새에 싣고 거리를 다니면서 여전히 밀가루를 빻고 있는 척했던 거요. 불쌍한 풍차! 가련한 코르니유 영감님! 이미 오래전에 그의 마지막 일거리까지 증기 제분소에 다 빼앗긴 거요. 날개는 여전히 돌고 있었지만 빈 방아만 돌고 있었던 거지.

아이들은 눈물을 흘리며 돌아와 자기들이 본 것을 내게 이야기해 주었다오. 아이들 이야기를 듣고 가슴이 찢어지는 것 같았지……. 나는 잠시도 지체하지 않고 이웃들에게 달려가서

* **방아** 곡식 따위를 찧거나 빻는 기구나 설비를 통틀어 이르는 말.
* **축대** 높이 쌓아 올린 대나 터.
* **궁상맞다** 초라하고 꾀죄죄하다.
* **백토** 빛깔이 희고 부드러우며 고운 흙.

사정을 대충 이야기했소. 그리고 당장 집 안에 남아 있는 밀을 코르니유 영감님의 방앗간으로 가져다주자고 입을 모았지. 쇠뿔도 단김에 빼랬다*고 말이 떨어지기 무섭게 곧 실행에 옮겼소. 온 마을이 총출동했고 우리는 밀— 진짜 밀을 실은 노새 행렬을 몰고 언덕 위에 당도했다오.

방앗간은 활짝 열려 있었소……. 코르니유 영감은 문 앞에서 백토 자루 위에 앉아 두 손으로 머리를 감싸 쥐고 훌쩍거리고 있었소. 집으로 돌아와 보니 자기가 없는 동안 누군가 집 안에 들어가 자신의 서글픈 비밀을 알아낸 것을 눈치챈 거였소.

"이 한심한 놈!" 그가 말했다오. "이제 죽어 버리는 수밖에 없어……. 풍차의 명예가 더럽혀졌으니……."

그러더니 그는 온갖 이름으로 풍차를 부르면서 마치 진짜 사람에게처럼 말을 걸었고, 보는 사람 가슴이 찢어질 만큼 서럽게 울어 대고 있었다오. 그런데 바로 그 순간 노새들이 마당에 도착한 거지. 우리는 마치 방앗간이 한창 잘 돌아가던 때처럼 외쳤다오.

"어이, 풍차 방앗간! 이봐요, 코르니유 영감님!"

이어서 밀 포대가 문 앞에 쌓이고 윤기 나는 좋은 낟알들이 땅 위에 쏟아져 사방으로 퍼졌다오.

* **쇠뿔도 단김에 빼랬다** 무슨 일을 하려고 생각하였으면 망설이지 말고 곧 행동으로 옮기라는 것을 비유적으로 이르는 말.

코르니유 영감님의 눈이 휘둥그레졌지. 그는 주름살이 진 손으로 밀알을 움켜쥐고는 반은 웃고 반은 울먹이면서 말했다오.

"밀이야……! 오, 맙소사……. 진짜 밀이네! 어디 좀 보자."

이어서 우리를 향해 고개를 돌리며 말했다오.

"그래! 내게 돌아올 줄 알았어……. 제분소 놈들은 도둑놈들이라니까."

우리는 개선장군*처럼 영감님을 마을로 데려가려 했소. 그러자 영감님이 말했다오.

"이보게들, 아니야, 우선 내 풍차에 먹을 걸 줘야지……. 아, 생각들 좀 해 봐! 얼마나 오랫동안 입에 아무것도 넣어 보지 못했는데……."

우리는 그 가엾은 노인이 포대를 연다, 방아를 살핀다며 부산하게 이리 뛰고 저리 뛰는 모습을 바라보며 모두 눈시울을 붉혔다오. 그사이 어느새 밀이 빻아져 고운 밀가루가 천장으로 피어올랐지.

우리는 정말 하노라고 했지. 그날부터 우리는 그 영감님에게서 절대로 일감이 떨어지지 않게 했으니까. 그러던 어느 날 아침 코르니유 영감님이 세상을 떠났지. 그리고 우리의 마지막 풍차 날개는 더 이상 돌지 않았다오. 코르니유 영감님이 죽자 아무도 뒤를 이을 사람이 없었던 거요. 하지만 어쩌겠

* **개선장군** 적과의 싸움에서 이기고 돌아온 장군.

소……! 세상만사 다 끝이 있는 법이고 마치 론강의 나룻배나 커다란 꽃무늬가 새겨진 재킷의 시대가 가 버렸듯이 풍차의 시대도 가 버렸다고 생각해야지.

[진형준 옮김]

활동

1. 다음 문장이 소설의 내용과 일치하는지 ○, ×로 표시하며 내용을 정리해 보자.

- 코르니유 영감님은 증기 제분소를 오랫동안 운영해 왔다. [ ]
- 증기 제분소가 세워졌지만 마을 사람들은 풍차 방앗간을 이용했다. [ ]
- 비베트에게 남은 가족은 코르니유 영감님뿐이었다. [ ]
- 코르니유 영감님은 주일이면 근사하게 차려입고 성당에 왔다. [ ]
- 코르니유 영감님의 비밀을 발견한 것은 마을의 농부들이다. [ ]
- 코르니유 영감님이 저녁마다 노새에 실었던 포대는 백토 포대였다. [ ]
- 코르니유 영감님은 세상의 변화를 받아들이고, 방앗간을 정리한다. [ ]

2. 코르니유 영감의 비밀이 밝혀진 후 코르니유 영감과 마을 사람들이 느꼈을 감정을 <보기>에서 골라 보고 그런 감정을 느낀 이유를 써 보자.

보기 ▶	미안한	긴장되는	설레는	행복한	안타까운
속상한	화나는	고마운	자랑스러운	감동받은	슬픈
부끄러운	외로운	당황스러운	자존심이 상한	놀라운	

코르니유 영감은 어떤 감정을 느꼈을까?

- 내가 고른 감정:
- 이유:

'나'와 마을 사람들은 어떤 감정을 느꼈을까?

- 내가 고른 감정:
- 이유:

3. 코르니유 영감의 입장에 대해 생각하며 빈칸을 채워 보자.

"사람들은 나를 보고 비웃겠지. 일이 없는데도 풍차를 돌리는 내가 이상할 거야.
하지만 나는 이 풍차를 멈출 수 없네.
왜냐하면 ____.
이 풍차는 단순히 밀가루를 빻는 기계가 아니야.
나에게 풍차는 ____________________________________.
내가 풍차를 멈추는 날은, 내 삶의 ____________________
____날과 같아."

4. 다음 논제에 대해 자신의 입장을 표시하고, 그렇게 생각하는 이유를 적어 보자.

논제 1: 코르니유 영감은 거짓말을 했지만 존중받을 만한 인물이다.

매우 찬성 | 찬성 | 중립 | 반대 | 매우 반대

• 이유:

논제 2: 풍차의 힘으로 밀을 빻는 전통적인 방식은 불편하더라도 지켜야 한다.

매우 찬성 | 찬성 | 중립 | 반대 | 매우 반대

• 이유:

논제 3: 모든 일이 기계로 이루어지는 편한 세상보다, 느리더라도 정이 있는 세상이 낫다.

매우 찬성 | 찬성 | 중립 | 반대 | 매우 반대

• 이유:

2부

세상을 향한 시선

여는 글

우리가 살아가는 사회는 심하게 흔들리는 배와 같습니다. 권력을 가진 자는 원하는 방향으로 배를 몰아가려고 하고 그 속에서 대다수 힘없는 사람은 고통을 당합니다. 권력자들은 전쟁을 일으키면서 힘없는 사람이 죽거나 다치는 것을 당연시하기도 합니다. 과학 기술이 더해져 쾌속선처럼 달려가는 배의 속도를 못 이긴 사람은 바다에 빠지기도 하지요.

문학은 이처럼 여러 상황에 놓인 사람을 형상화합니다. 고통스러운 삶을 담담하게 그려 내기도 하고, 권력자를 풍자하기도 합니다. 풍자란 사회의 부정적 현상이나 사람들의 결점 따위를 빗대어 비웃거나 비판하는 표현 방식입니다. 예를 들면 파리를 물고 잘난 척하다가 솔개를 보고 깜짝 놀라 자빠지는 두꺼비에 빗대어 '강약약강'의 태도를 비판하는 겁니다.

2부에서는 우리나라 고전소설부터 외국 단편소설까지, 다양한 작품을 통해 사람들과 사회를 들여다봅니다. 영생을 바라며 다른 생명을 희생시키려 드는 이들을 풍자한 박루아의 「웬만해선 죽지 않아!」, 우리 근현대사의 비극을 집약적으로 형상화한 하근찬의 「수난이대」, 부패하고 무능한 양반 계층을 유쾌하게 비웃는 박지원의 「양반전」, 손바닥 뒤집듯 노골적으로 태도를 바꾸는 관리를 비웃는 안톤 체호프의 「카멜레온」을 실었습니다.

이 작품들은 시대와 지역을 넘나듭니다. 당시의 사회적·문화적 상황, 개성 있는 인물들의 삶의 태도, 다양한 주제 등을 파악하며 읽다 보면 세상을 향한 여러분의 시선이 점차 풍부해질 거예요. 소설을 읽으며 다른 사람의 상황을 이해하고 몰입하고, 의미 있는 비판도 할 수 있는 여러분 자신을 만나게 되길 희망합니다.

웬만해선 죽지 않아!

박루아

박루아

동화 작가. 1972년에 태어났다. 동화 「노래하는 포도 주스」로 작품 활동을 시작했다. SF 단편집 『나의 슈퍼걸』에 동화 「웬만해선 죽지 않아!」를 실었다.

* 읽기 전에 *

여러분은 몇 살까지 살고 싶나요? 만약 영원히 살 수 있다면 기분이 어떨 것 같나요? 영원한 삶은 인간에게 진정한 행복을 가져다줄까요? 혼자서 아주 오래 살아야 한다면 외롭거나 지루하지 않을까요? 어느 날, 인간의 영생을 연구하는 실험실에서 '슈퍼 달팽이'가 사라졌어요. 이 슈퍼 달팽이를 먹으면 영원히 살 수 있다고 해요. 소설 속에서는 슈퍼 달팽이를 차지하려는 장어 가족의 행동이 정말 우스꽝스럽게 그려집니다. 만약 여러분이 슈퍼 달팽이를 발견한다면 어떻게 할지 생각해 보세요.

마을 근처 숲속에 쇠로 된 둥근 건물이 들어섰을 때, 사람들은 모두 고개를 갸웃거렸다. 건물을 둘러싼 담벼락은 키 큰 나무처럼 높았고 철문은 굳게 잠겨 있었다. 감시 카메라가 쉬지 않고 돌아가는 데다 담벼락 근처에 얼씬거리기만 해도 곧바로 경보기가 울렸다. 담벼락에는 '감전 주의! 3백만 볼트의 전류' 경고 문구가 쓰여 있었다. 이따금 새까만 유리창을 한 검은 자동차 서너 대가 드나들었다.

그곳이 어떤 곳인지 알 길이 없는 마을 사람들은 그저 나라의 중요한 비밀 시설일 거라고 추측했다.

건물 밖은 고요했지만 안은 생명 연장에 대한 본능으로 요란했다. 연구소 사람들은 영생*에 대한 꿈으로 바쁘게 움직였고 생명체들은 하루라도 더 살기 위해 치열하게 꿈틀거렸다.

유리로 된 방에는 실험에 사용되는 거북이와 달팽이, 대합 같은 조개들이 가득했다. 이들의 특징은 오래 산다는 것과 무척 느리다는 것. 그 때문에 연구소 사람들은 실수로 케이지*

* **영생** 영원한 생명. 또는 영원히 삶.

문을 잠깐 닫지 않아도 크게 놀라지 않았다. 몇 분 지나지 않아 실험실 어느 구석에서 여전히 열심히 기어가고 있는 생명체들을 볼 수 있기 때문이다.

비바람이 휘몰아치던 어느 밤이었다. 연구소 직원이 케이지 문을 닫는 것을 잊고서 퇴근하는 바람에 연구소가 발칵 뒤집히고 말았다. 하필이면 연구소에서 가장 중요한 슈퍼 달팽이가 사라져 버렸다.

이 달팽이가 처음 실험실에 왔을 때는 어른 주먹 크기였지만 그동안 온갖 약물 투입으로 축구공만큼이나 커졌다. 게다가 껍데기는 중생대*에 살았던 암모나이트 화석과 유전자가 같았다. 희귀 생명체라 나이도 알 수 없었다. 중요한 건 오랜 실험 끝에 이 달팽이에서 나온 점액질* 성분이 인간의 영생에 대한 꿈을 거의 실현시켜 줄 단계에 이른 순간, 달아난 것이다.

사람들은 연구소를 샅샅이 뒤졌지만 끝내 찾지 못했고 슈퍼 달팽이가 죽었을 거라고 결론 내렸다. 지하는 무쇠로 막혀 있는 데다 3백만 볼트의 전류가 흐르는 담벼락을 살아서 나갈 가능성은 없을 테니까.

그 무렵, 마을에 사는 류이가 슬픔에 잠긴 채 숲속으로 들어왔다. 류이는 하얀 손수건으로 소중하게 감싼 것을 두 손에 들

* **케이지** 무언가를 가두기 위해 철망이나 유리로 만든 작은 우리(집).
* **중생대** 지금으로부터 약 2억 4500만 년 전부터 약 6500만 년 전까지의 시기.
* **점액질** 차지고 끈적끈적한 물질.

고서 햇빛이 잘 들어오는 나무 아래로 다가가 앉았다.

류이는 모종삽을 꺼내서 땅을 깊게 판 뒤에 손수건을 펼쳤다. 하얀 손수건 안에는 죽은 햄스터가 누워 있었다. 웃고 있는 것 같은 입매와 눈이 꼭 잠을 자는 것처럼 보였다. 류이는 울먹거리며 말했다.

"죽은 모습도 이렇게 귀여울 수가!"

류이는 햄스터에게 마지막 인사를 한 뒤 떨리는 손으로 조심스레 땅에 묻었다. 눈을 감고 기도를 한 다음 자리에서 일어났다. 류이는 햄스터가 묻힌 곳 옆자리를 물끄러미 쳐다보았다. 2년 전에 죽은 햄스터가 묻힌 곳이었다. 햄스터 수명이 고작 2, 3년밖에 되지 않는다는 걸 알면서도 두 번째 햄스터를 키웠다. 하지만 아끼던 햄스터의 죽음은 여전히 감당하기 힘들었다.

"이제 다시는 동물은 키우지 않을 거야."

류이는 맹세하듯이 큰 소리로 외쳤다. 그러고는 뒤도 돌아보지 않고 마을 쪽으로 쏜살같이 달려갔다. 하지만 뛰어간 지 채 1분도 되지 않아 다시 되돌아왔다.

"아! 깜박하고 놓고 갈 뻔했네."

류이는 바닥에 있는 모종삽을 집어 들었다. 그때 갑자기 땅바닥이 꿈틀꿈틀 움직이기 시작하더니 흙더미와 함께 뭔가가 위로 톡 튀어 나왔다. 눈앞에 축구공만 한 달팽이가 보였다. 잘못 봤나 싶어 눈을 비비고 다시 쳐다봤다. 틀림없는 달팽이였다.

"우아! 엄청나게 큰 달팽이잖아."

류이는 뒤도 돌아보지 않고 뛰어갔다. 숲을 거의 벗어날 때쯤 걸음을 멈추었다. 그러다가 머리를 긁적이며 웃었다.

"바보같이 왜 뛰었지? 그래 봤자 달팽인데."

류이는 마음을 놓고서 천천히 걷기 시작했다. 그때 류이 옆으로 커다란 돌멩이가 데굴데굴 굴러오더니 눈앞에서 멈추었다. 푸르스름한 빛깔의 껍데기에서 분홍색 머리가 불쑥 튀어나왔다. 달팽이는 양쪽 더듬이를 사방으로 죽죽 뻗으며 류이 앞으로 다가왔다.

류이는 소리를 지르며 단숨에 집까지 달려갔다. 문을 벌컥 열고서는 엄마 아빠를 향해 숨을 헐떡거리며 말했다.

"숲속에서 어마어마하게 큰 달팽이를 봤어요. 진짜 축구공만 해요."

소파에 앉아 커피를 마시던 아빠는 별거 아니라는 듯이 말했다.

"그래, 세상에는 커다란 달팽이도 있겠지. 그래 봤자 야구공 정도일걸."

류이는 답답하다는 듯이 두 팔을 활짝 벌리며 말했다.

"그게 아니라 진짜 이만하다니까요."

그러자 엄마가 걱정스러운 얼굴로 말했다.

"혹시 거기 핵폐기물 같은 걸 처리하는 곳은 아닐까요? 방사능 같은 게 유출돼서 동물들에게 영향을 미쳤을지도."

아빠가 손사래를 쳤다.

"어허, 이렇게 가까이 마을 사람들이 사는데 그런 위험한 일을 할 리가 있겠어? 내 생각엔 거긴 중요한 군사 시설이 있는 것 같아. 외부에 알려져서는 안 되는 뭔가가. 사실 내가 예전에 군에 있을 때 말인데……."

이미 스무 번도 넘게 들은 이야기를 아빠가 시작하려 하자 류이는 한숨을 내쉬며 밖으로 나왔다.

문을 열자 앞뜰에서 커다란 달팽이가 상추를 뜯어 먹고 있었다.

"엄마, 아빠! 여기 와 보세요."

밖으로 나온 류이 엄마와 아빠는 눈이 휘둥그레졌다. 달팽이는 가족들의 시선에는 아랑곳없이 상추를 먹고는 땅속으로 슬금슬금 들어가 버렸다.

엄마와 아빠는 처음에는 달팽이 크기에 놀랐지만 나중에는 걱정이 되었다. 이 커다란 달팽이가 앞뜰에 심어 놓은 상추와 배추를 모조리 먹어 치우면 어쩌나 해서였다.

달팽이는 채소보다는 먹다 남은 과일 껍질과 음식물 찌꺼기를 아주 좋아했다. 덕분에 류이네 집은 음식물 쓰레기를 치우는 일을 걱정하지 않아도 되었다.

류이가 과일 껍질을 들고 밖으로 나가면 달팽이는 어느새 땅속에서 나와서 다가왔다. 류이는 음식물들을 내려놓으며 말했다.

"미안하지만 난 동물은 키우지 않을 거야. 언제든 네가 가고 싶을 때 떠나."

류이는 말은 그렇게 하면서도 달팽이가 그대로 있는지 슬며시 찾아보곤 했다. 보이지 않으면 이젠 정말 갔나 보다 생각했다. 하지만 그럴 때마다 나무 위에서 머리를 쑥 내밀거나 벽을 타고 나름 열심히 내려오는 중이었다.

그러던 어느 날이었다. 거실에서 텔레비전을 보던 엄마가 류이에게 들어오라고 손짓했다. 텔레비전에는 130살 외국 할머니가 인터뷰를 하고 있었다. 할머니는 70살도 안 돼 보일 만큼 튼튼하고 건강했다. 기자가 장수의 비결을 물으니 이렇게 말했다.

"옛날 아주 오래전, 그러니까 수십 년 전이지 아마. 바위틈에서 신기한 달팽이를 하나 발견했지 뭐야. 크기는 주먹만 하고 살이 토실토실 오른 게 하도 맛나 보여서 삶아 먹었지. 글쎄 그 뒤부터 몸이 점점 가뿐해지더니 병치레* 하나 없이 지금까지 살게 되었어. 그게 그렇게 신통한* 줄 알았으면 우리 가족들이랑 다 같이 나눠 먹는 건데……."

할머니는 먼저 세상을 떠난 자식과 손주들이 그립다며 눈물을 글썽거렸다. 자식과 손주들이 먹을 달팽이가 또 있나 뒤졌

* **병치레** 병을 앓아 치러 내는 일.
* **신통하다** 효험이 빠르고 훌륭하다.

지만 찾지 못했다고 했다. 텔레비전을 본 엄마가 고개를 갸웃하며 말했다.

"혹시 우리 집에 있는 저 달팽이와 같은 종류가 아닐까?"

"그럴 리가요. 할머니는 주먹만 하다고 했는데 우리 집에 있는 건 축구공만 하잖아요."

"그래도 그렇게 큰 달팽이가 흔한 건 아니지."

엄마는 달팽이를 찾으러 밖으로 나갔다. 류이는 설마 엄마가 달팽이를 잡으려는 것은 아닐까 걱정되어 따라 나갔다. 그런데 조금 전까지 음식을 먹던 달팽이가 보이지 않았다. 엄마가 달팽이를 찾아서 집 안 구석구석을 살피기 시작했다.

"이럴 줄 알았으면 우리 같은 데 넣어 둘 걸."

류이는 고개를 절레절레 저으며 큰 소리로 말했다.

"그래도 잡아먹는 건 안 돼요."

참으로 이상한 일이었다. 달팽이가 텔레비전을 본 것도 아닐 텐데 그날 이후로 나타나지 않았다. 혹시나 해서 달팽이를 처음 만났던 숲까지 찾으러 갔다. 하지만 그 어디에도 보이지 않았다.

"그래, 집으로 갔을 거야. 사람들 눈에 띄지 않는 곳으로."

류이는 서운한 마음이 들었다. 한편으로는 다행이라고 생각하면서도 자신이 한 말 때문이 아닐까 후회가 되기도 했다.

며칠 뒤, 일을 마치고 돌아온 아빠가 고개를 갸웃하며 말했다.

"지난번에 우리 집에 있던 커다란 달팽이 말이야. 글쎄 장어 영감님 집에 있더라고."

"네?"

"자기 집 뒷마당에서 잡았다고 하면서 입이 싱글벙글 귀에 걸려 있던데."

엄마가 황당하다는 듯이 소리쳤다.

"아니, 달팽이가 왜 거기로 갔대요? 그거 우리 달팽이잖아."

"우리가 키우던 달팽이라고 했더니 주인이라는 증거 있냐고 큰소리치던걸. 우리에 가둬 둔 것도 아니고 우리가 키우는 걸 본 사람이 있는 것도 아니고 도리*가 있어야지."

류이는 떨리는 목소리로 물었다.

"그럼 달팽이는 어떻게 되는 거예요?"

장어 영감은 동네에서 소문난 땅 부자인데, 몸에 좋다는 건 뭐든 다 먹고 특히 장어를 많이 먹어서 사람들이 장어 영감이라고 불렀다.

"영감님도 얼마 전 텔레비전에서 130살 된 할머니를 봤나 봐. 달팽이가 축구공만 하니 잡아먹으면 200살은 거뜬히 살지 않을까 하고."

"안 돼요!"

류이는 깜짝 놀라 소리쳤다.

* **도리** 어떤 일을 해 나갈 방법이나 수단.

"오늘 밤 가족들과 친척들만 불러서 달팽이를 삶아 먹을 거래. 우리한테는 눈치가 보이는지 같이 먹자며 오라 하네."

엄마가 류이를 쳐다보며 난처한 표정을 지었다.

"그게…… 우리가 먹으려고 한 건 아니잖아요."

류이는 그만 고개를 푹 떨구었다. 아빠가 한 손으로 턱을 괴며 말했다.

"그렇다고 자기들끼리만 오래 살겠다고 먹게 놔두는 건 좀 그렇지? 가기도 그렇고 안 가기도 좀……."

엄마가 류이 눈치를 보다가 고개를 저으며 말했다.

"류이 넌 그냥 집에 있는 게 좋겠다."

"당신은 갈 생각이야?"

"밑져야 본전 아니겠어요? 정말로 영감님 말처럼 200살까지 살지도 모르잖아요."

류이는 울음이 터질 것 같은 목소리로 말했다.

"엄마는 혼자서 200살까지 살고 싶어요? 그 할머니는 엄청 슬퍼 보이던데."

엄마가 어이없다는 듯이 말했다.

"아니, 그런 뜻이 아니라 나는 네가 힘들까 봐서."

"알았어요. 저는 절대 안 먹을 거지만 그래도 달팽이한테 마지막 인사는 하러 가고 싶어요."

엄마와 아빠는 류이를 데리고, 장어 영감님 집으로 향했다.

개울을 건너 넓은 들판을 지나자 동화책에서 본 것 같은 아름다운 집이 나타났다. 고대 문양*에 금색 칠을 하고 끝이 쇠창살처럼 뾰족 솟은 대문과 높은 담 아래로 장미 넝쿨이 휘청거릴 듯이 내려와 있었다.

정원이 있는 마당 한가운데에 커다란 가마솥이 걸려 있었다. 장작불이 활활 타고 있는 가마솥에서는 하얀 연기가 솟아올랐다.

류이는 초조하고 불안한 얼굴로 가마솥을 쳐다보았다. 4층 높이 큰 집에서 하얀 앞치마를 두른 뚱뚱한 남자가 나왔다. 장어 영감님 집 요리사였다. 요리사는 엉덩이를 실룩거리며 류이 가족에게 자리를 안내했다.

집 안엔 이미 가족, 친척들이 모여 있는지 큰 웃음소리가 새어 나왔다. 손님이 왔는데도 주인이 나오지 않으니 왠지 초대받지 못한 자리에 온 것 같았다.

엄마가 요리사에게 물었다.

"설마 달팽이를 벌써 삶은 건 아니겠죠?"

그러자 요리사가 씩 웃으며 말했다.

"아! 저희 사장님은 탕보다는 수육을 좋아하십니다. 그래서 물을 끓이고 있지요."

류이는 한숨을 내쉬었다.

"달팽이 한 번만 보면 안 될까요? 살아 있는 달팽이가 보고

* **문양** 옷감이나 조각품 따위를 장식하기 위한 여러 가지 모양.

싶어요."

요리사는 입을 꾹 다물고 고개를 저었다. 그러자 엄마와 아빠가 옆에서 거들었다.

"우리 애가 동물을 좋아해서요. 한 번만 보게 해 주세요."

류이가 애원하는 눈길로 쳐다보자 요리사는 난처한 듯이 중얼거렸다.

"원래는 안 되는데."

요리사는 떨떠름한 표정으로 류이를 창고로 데려갔다. 창고 벽에는 너구리, 토끼 같은 동물의 털과 가죽이 걸려 있고, 안에는 곡식과 식재료 상자가 쌓여 있었다. 장어가 한가득 헤엄치는 수족관 옆으로 투명한 상자 속에 달팽이가 앉아 있었다.

류이는 다가가서 상자를 톡톡 두드렸다. 껍데기 속에 숨어 있던 달팽이가 머리를 슬며시 내밀었다. 마침 그때 요리사 앞치마 주머니에서 휴대폰이 울렸다. 류이는 달팽이를 한번 만져 보려는 것처럼 뚜껑을 열고 손을 넣었다. 류이는 처음 달팽이를 만났을 때 굴러서 집까지 따라왔던 일이 생각이 났다.

요리사가 통화하는 사이 류이는 슬금슬금 뒤로 가서 상자를 확 넘어뜨렸다. 얇게 깔려 있는 흙더미가 쏟아지며 상자 밖으로 달팽이가 나왔다. 달팽이는 화들짝 놀라서 껍데기 속에 몸을 집어넣었다.

류이는 달팽이를 볼링공 던지듯이 창고 밖으로 힘차게 밀었다. 달팽이는 데굴데굴 굴러갔다. 달팽이가 멈추면 다시 굴리기 위해 류이는 전속력을 다해 쫓아갔다. 깜짝 놀란 요리사는 휴대폰을 집어 던지고서는 고래고래 소리를 질렀다.

"도둑이야! 달팽이 도둑 잡아라!"

갑자기 어디선가 컹컹컹 개 짖는 소리가 요란하게 들렸다. 금방이라도 물어뜯을 듯이 개들이 엄청난 속도로 류이를 바짝 쫓아왔다. 류이는 다리를 헛디뎌 넘어졌다. 무서워서 눈을 뜰 수도 없었다. 정신을 차려 보니 시커먼 개들이 어느새 달팽이를 에워싸고 있었다.

마당에는 장어 영감 가족들과 친척들이 나와서 술렁거렸다. 화려한 옷에 보석 장신구*와 모피*를 두른 사람들이 싸늘한 눈빛으로 류이 가족을 쳐다보았다. 누런 흰자위*에 핏발이 선 장어 영감이 류이를 노려보며 말했다.

"도대체 이게 어떻게 된 일입니까?"

아빠와 엄마는 당황해서 어쩔 줄 몰랐다. 아빠가 뒤통수를 긁적이며 말했다.

"죄송합니다. 우리 아이가 실수를 한 것 같습니다."

"실수라고요? 이렇게 된 이상 함께 식사를 할 수는 없을 것 같군요. 지금 당장 돌아가 주시오."

류이가 소리쳤다.

* **장신구** 몸치장을 하는 데 쓰는 여러 가지 물건.
* **모피** 털이 붙어 있는 짐승의 가죽.
* **흰자위** 눈알의 흰 부분.

"안 돼요! 달팽이는 우리 거라고요. 당장 돌려주세요."

장어 영감은 기가 막힌다는 듯이 허! 웃었다.

아빠는 짧게 한숨을 내쉬고 류이 손을 잡았다. 하지만 류이는 아빠 손을 뿌리치며 소리쳤다.

"싫어요. 제 달팽이란 말이에요. 숲에서부터 절 따라왔단 말이에요."

그러자 장어 영감이 요리사에게 소리쳤다.

"뭐 해? 얼른 달팽이 삶지 않고."

요리사는 일 초의 망설임도 없이 달팽이를 가마솥에 풍덩 빠뜨리고 말았다.

순식간에 일어난 일이라 류이는 그만 털썩 주저앉고 말았다. 엄마는 깜짝 놀라서 손으로 눈을 가렸다. 류이는 큰 소리로 엉엉 울기 시작했다. 아빠가 화가 나서 장어 영감에게 소리쳤다.

"애 앞에서 너무하는 거 아닙니까?"

"그러니까 빨리 가라고 했잖소."

아빠는 더는 장어 영감을 상대하고 싶지 않았다. 울고 있는 류이를 일으켜 세웠다. 돌아서는 류이네 가족에는 아랑곳없이 장어 영감이 요리사에게 소리쳤다.

"지금쯤이면 익었을 테니 꺼내 봐."

류이는 엄마와 아빠 손에 이끌려 힘없이 걷기 시작했다. 그 순간 뒤에서 요리사의 당황스러운 목소리가 들렸다.

"달팽이가 이상해요. 아직도 껍데기 속에서 안 나왔어요."

류이네 가족은 멈춰 서서 이를 지켜보았다. 장어 영감 아들이 달팽이를 다시 가마솥에 넣고서는 아궁이에 장작을 넣었다. 힘차게 부채질을 하자 시뻘건 불꽃이 가마솥까지 녹일 듯이 활활 타올랐다.

이쯤이면 되겠구나 싶어 달팽이를 꺼냈다. 하지만 달팽이는 여전히 껍데기 속에 있었다. 다들 고개를 갸웃하며 서로의 얼굴만 쳐다보았다. 장어 영감은 슬슬 짜증이 났다.

"에잇! 그냥 확 깨 버려."

이번에는 덩치가 크고 우람한 팔뚝을 가진 둘째 사위가 큰 망치를 들고 나왔다. 큰 기합 소리와 함께, 있는 힘껏 달팽이를 내려쳤다. 하지만 달팽이는 꿈쩍도 하지 않았다. 두 번 세 번 연달아 내리쳤지만 여전히 그대로였다. 둘째 사위가 진땀을 흘리기 시작했다. 장어 영감 가족들과 친척들이 놀라서 수군거렸다.

"그렇게 힘이 약해서야 어디 쓰겠나?"

첫째 사위가 의기양양하게* 커다란 도끼를 들고 와서 내려쳤다. 하지만 땅 하는 소리만 요란할 뿐 달팽이는 끄떡도 하지 않았다. 갑자기 첫째 사위가 헉! 신음 소리를 내며 바닥에 주저앉았다.

"으…… 허리가 삐끗한 것 같아."

* **의기양양하다** 기세가 등등하고 뽐내는 모양이 가득하다.

장어 영감은 초조해졌다.

"뭐라도 가져와서 깨 봐. 뭐라도 좋으니까."

요리사가 커다란 압착기*를 가져왔다. 류이네 가족은 밖으로 나가지 않고 정원에서 이를 지켜보았다. 요리사는 달팽이를 압착기에 넣고 스위치를 켰다. 지이잉 소리를 내며 쇠로 된 넓적한 판이 천천히 달팽이를 누르기 시작했다.

그렁 그렁 그르르릉 덜덜덜.

압착기가 흔들거리며 소리가 점점 커졌다. 달팽이는 바위처럼 꿈쩍도 하지 않았다. 마침내 압착기는 펑 소리와 함께 산산조각이 났다. 나사와 부품들이 튕겨 나와 곳곳에서 아이쿠! 아야! 하는 비명 소리가 터졌다. 사람들이 다친 머리와 팔을 붙잡으며 신음 소리를 냈다.

장어 영감이 씩씩거리며 내려와 달팽이를 발로 마구 찼다. 하지만 제 발만 아파 발을 움켜쥐며 악다구니*를 썼다.

"뭐 이런 게 다 있어? 그나저나 이거 죽은 거 확실한 거야?"

보다 못한 장어 영감 부인이 말했다.

"아이고, 영감! 그만하세요. 이러다 자식들 잡겠어요."

장어 영감 부인은 다친 사람들을 모두 데리고 집 안으로 들어갔다.

* **압착기** 압착하여 즙액을 내는 기계.
* **악다구니** 기를 써서 다투며 욕설을 함. 또는 그런 사람이나 행동.

마당에는 요리사와 장어 영감만 남았다. 머리끝까지 화가 난 장어 영감은 달팽이를 아궁이에 홱 던졌다. 지지지직 타는 소리와 함께 구수한 냄새가 피어올랐다. 아궁이에서 꺼낸 달팽이는 새카맣게 변해 있었다. 장어 영감은 달팽이를 자세히 보려고 얼굴을 들이댔다. 갑자기 껍데기 속에서 달팽이가 쑥 나오더니 장어 영감 얼굴에 착 들러붙었다.

"앗! 뜨거!"

장어 영감은 벌떡 일어났다. 달팽이는 바닥에 툭 떨어져 어디론가 굴러갔다. 장어 영감은 두 손으로 얼굴을 감싸며 팔딱팔딱 뛰었다. 급한 마음에 요리사가 찬물을 장어 영감에게 들이부었다. 장어 영감은 눈을 뻐끔 뜨고서는 으으으 미친 듯이 소리를 지르기 시작했다. 요리사는 빨갛게 익은 장어 영감을 업고서 허둥지둥 집 안으로 들어갔다.

한바탕 소란이 일고 난 뒤 마당은 조용했다.

류이는 달팽이를 찾으러 갔다. 수풀 사이에 새카맣게 탄 달팽이가 보였다. 류이는 달팽이를 슬며시 만져 보았다. 아직도 따끈했다. 류이가 소매로 그을음을 닦아 내자 푸르스름한 껍데기가 드러났다. 껍데기 속에서 분홍색 머리가 스윽 나왔다.

'나는 웬만해선 죽지 않아.'

달팽이는 이렇게 말하는 것 같았다. 류이는 그제야 환하게 웃었다.

엄마 아빠도 가까이 다가와서 고개를 갸웃거렸다.

"그거참 신기한 일이네. 어떻게 이럴 수가 있지?"

류이가 달팽이를 향해 씩 웃으며 말했다.

"난 동물은 키우진 않아. 하지만 네가 있고 싶을 땐 언제까지 우리와 함께 있어도 좋아."

엄마가 조금 걱정스러운 듯이 말했다.

"설마 이거 가져갔다고 뭐라고 하진 않겠죠?"

"그렇게 당하고서? 나 같으면 두 번 다시 안 보고 싶을 것 같은데."

류이네 가족은 조금 전에 봤던 광경이 생각나서 한바탕 크게 웃었다.

집으로 돌아온 뒤 류이는 달팽이에게 '달이'라는 이름을 지어 주었다. 달이를 다른 사람들이 훔쳐 가지 않도록 함께 가족사진도 찍었다.

달이는 아주 오랫동안 류이네 집에서 살았다. 가끔은 집을 나가 며칠 만에 돌아왔다. 류이는 달이가 정말로 떠나게 될 날이 올 거라고 생각했다. 하지만 너무 슬퍼하지 않겠다고 다짐했다. 살아 있으면 언젠가는 다시 만날 테니까.

류이는 데굴데굴 구르며 어딘가를 향해 힘차게 기어가는 달팽이를 떠올리며 빙긋이 웃었다.

활동

1. 이 소설을 영화로 제작했다고 가정하고, 영화 예고편을 만들어 보자. 예고편의 주요 장면에 어울리는 짧은 대사나 내레이션을 써 보자.

장면 1 연구소 안, 달팽이가 케이지를 빠져나온다. 카메라는 달팽이의 느린 움직임을 클로즈업한다.

• 배경 음악: 긴장감 있는 전자음 기반의 음악.

• 대사 또는 내레이션:

장면 2 숲속, 달팽이가 천천히 류이에게 다가온다. 류이가 놀라며 달팽이를 바라본다.

• 배경 음악: 잔잔하고 신비로운 피아노 선율.

• 대사 또는 내레이션:

장면 3 장어 영감 집 마당, 장어 영감이 요리사에게 달팽이를 가마솥에 넣으라고 소리친다. 카메라가 달팽이를 클로즈업한다.

• 배경 음악: 긴장감과 공포감을 동시에 주는 드럼과 현악기.

• 대사 또는 내레이션:

장면 4 달팽이 껍데기를 망치와 압착기로 깨려고 하지만, 달팽이는 끄떡도 하지 않는다. 달팽이가 분홍색 머리를 스윽 드러낸다.

• 배경 음악: 극적으로 분위기를 고조하는 오케스트라.

• 대사 또는 내레이션:

2. 슈퍼 달팽이가 기자와 만나 인터뷰를 했다고 가정하고, 기자의 질문에 대한 달팽이의 답변을 작성해 보자.

슈퍼 달팽이를 만나다!

- 기자 질문: 연구소에서 탈출했다고 들었습니다. 그때 기분이 어땠나요?
- 슈퍼 달팽이 답변:

- 기자 질문: 인간의 영생 연구에 참여하면서 어떤 걸 느꼈나요?
- 슈퍼 달팽이 답변:

- 기자 질문: 류이와 함께 지내면서 느낀 점은 무엇인가요?
- 슈퍼 달팽이 답변:

3. 다음에서 설명하고 있는 내용이 가장 잘 드러난 장면을 소설에서 찾아 보고, 어떤 점을 비판하고 있는지 써 보자.

풍자는 대상의 부정적인 면을 과장, 왜곡, 비꼬기 등의 방식으로 우스꽝스럽게 그려 에둘러 비판하는 표현 방법이다.

풍자가 잘 드러난 장면	비판하고 있는 것

4. 이 작품은 '영원히 산다는 것'을 욕망하며 다른 생명을 빼앗으려는 사람들을 풍자하고 있다. '영원히' 대신 넣고 싶은 말을 포함해, 자신이 원하는 삶에 대해 써 보자.

예 ▶ 잘 제대로 열심히 풍요롭게

수난이대

受難二代

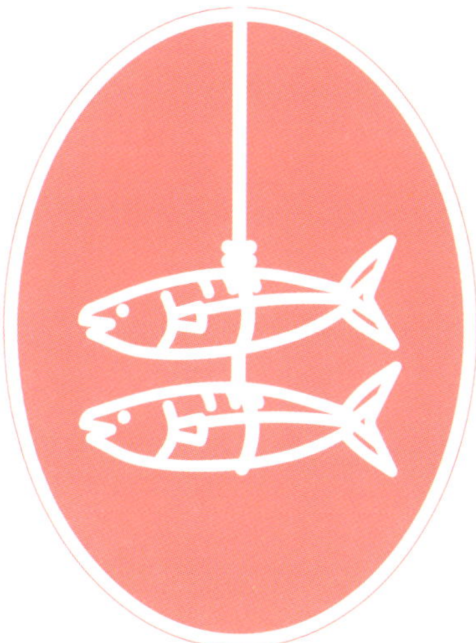

하근찬

하근찬

소설가. 1931년 경상북도 영천에서 태어나 2007년 세상을 떠났다. 전주사범학교를 졸업하고 교사로 근무했고, 이후 동아대학교 토목공학과에 진학했으나 중퇴했다. 1957년 한국일보 신춘문예에 단편소설 「수난이대」가 당선되어 등단했다. 주요 작품으로 「수난이대」「왕릉과 주둔군」「족제비」 등이 있다.

* 읽기 전에 *

일본 정부에 따르면 일제 강점기 때 강제 징용된 한국인 피해자는 약 48만 명이라고 하니 실제로는 훨씬 많은 이들이 끌려갔겠죠. 또한 한국 전쟁 통계에 따르면 국군 사망자가 17만 명, 부상자가 45만 명이라고 합니다. 아무리 큰 숫자라도 숫자만으로는 우리의 가슴을 저리게 하기 어렵습니다. 하지만 고통에 처한 누군가의 사연을 마주한다면 우리는 그 고통을 함께할 수 있습니다. 여기 태평양 전쟁에 끌려갔다가 팔을 잃은 아버지와 한국 전쟁에서 다리를 잃은 아들이 있습니다. 우리 민족의 연이은 비극에서 피해를 떠안은 아버지와 아들을 응원하는 마음으로 읽어 봅시다.

진수가 돌아온다. 진수가 살아서 돌아온다. 아무개는 전사했다*는 통지*가 왔고, 아무개 아무개는 죽었는지 살았는지 통 소식도 없는데, 우리 진수는 살아서 오늘 돌아오는 것이다. 생각할수록 어깻바람*이 날 일이다. 그래 그런지 몰라도 박만도는 여느 때 같으면 아무래도 한두 군데 앉아 쉬어야 넘어설 수 있는 용머리재를 단숨에 올라채고* 만 것이다. 가슴이 펄럭거리고 허벅지가 뻐근했다. 그러나 그는 고갯마루*에서도 쉴 생각을 하지 않았다. 들 건너 멀리 바라보이는 정거장에서 연기가 물씬물씬 피어오르며 삐익 기적 소리가 들려왔기 때문이다. 아들이 타고 내려올 기차는 점심때가 가까워야 도착한다는 것을 모르는 바 아니다. 해가 이제 겨우 산등성이 위로 한 뼘가량 떠올랐으니 오정*이 되려면 아직 차례 먼 것이다. 그러

* **전사하다** 전쟁터에서 적과 싸우다 죽다.
* **통지** 기별을 보내어 알게 함.
* **어깻바람** 신이 나서 어깨를 으쓱거리며 활발히 움직이는 기운.
* **올라채다** 움직이던 탄력을 이용하여 꼭대기에 오르다.
* **고갯마루** 고개에서 가장 높은 자리.
* **오정** 정오. 낮 열두 시.

나 그는 공연히 마음이 바빴다.

'까짓것, 잠시 앉아 쉬면 뭐 할 끼고.'

손가락으로 한쪽 콧구멍을 찍 누르면서 팽! 마른 코를 풀어 던졌다. 그리고 휘청휘청 고갯길을 내려가는 것이다.

내리막은 오르막에 비하면 아무것도 아니었다. 대고* 팔을 흔들라치면 절로 굴러 내려가는 것이다. 만도는 오른쪽 팔만을 앞뒤로 흔들고 있었다. 왼쪽 팔은 조끼 주머니에 아무렇게나 쑤셔 넣고 있는 것이다.

'삼대독자가 죽다니 말이 되나, 살아서 돌아와야 일이 옳고 말고. 그런데 병원에서 나온다 하니 어디를 좀 다치기는 다친 모양이지만, 설마 나같이 이렇게사 되지 않았겠지.'

만도는 왼쪽 조끼 주머니에 꽂힌 소맷자락을 내려다보았다. 그 소맷자락 속에는 아무것도 든 것이 없었다. 그저 소맷자락만이 어깨 밑으로 덜렁 처져 있는 것이다. 그래서 노상* 그쪽은 조끼 주머니 속에 꽂혀 있는 것이다.

'볼기짝*이나 장딴지 같은 데를 총알이 약간 스쳐 갔을 따름이겠지. 나처럼 팔뚝 하나가 몽땅 달아날 지경이었다면 엄살스러운* 놈이 견뎌 냈을 턱이 없고말고.'

* **대고** 무리하게 자꾸. 또는 계속하여 자꾸.
* **노상** 언제나 변함없이 한 모양으로 줄곧.
* **볼기짝** '볼기'를 낮춰 부르는 말로서 '볼기'는 뒤쪽 허리 아래, 허벅다리 위의 양쪽으로 살이 불룩한 부분.
* **엄살스럽다** 고통이나 어려움을 거짓으로 꾸미거나 실제보다 보태어서 나타내는 태도가 있다.

슬며시 걱정이 되기도 하는 듯, 그는 속으로 이런 소리를 주워섬겼다*.

내리막길은 빨랐다. 벌써 고갯마루가 저만큼 높이 쳐다보이는 것이다. 산모퉁이를 돌아서면 이제 들판이다. 내리막길을 쏘아 내려온 기운 그대로, 만도는 들길을 잰걸음 쳐 나가다가 개천 둑에 이르러서야 걸음을 멈추었다. 외나무다리가 놓여 있는 조그마한 시냇물이었다. 한여름 장마철에 들어설라치면 배꼽이 묻히는 수도 있었지마는, 요즈막엔 무릎이 잠길 듯 말 듯한 물인 것이다. 가을이 깊어지면서부터 물은 밑바닥이 환히 들여다보일 만큼 맑아져 갔다. 소리도 없이 미끄러져 내려가는 물을 가만히 내려다보고 있으면, 절로 이빨이 시려 온다.

만도는 물기슭에 내려가서 쭈그리고 앉아 한 손으로 고의춤*을 풀어 헤쳤다. 오줌을 찌익 깔기는 것이다. 거울 면처럼 맑은 물 위에 오줌이 가서 부글부글 끓어오르며 뿌연 거품을 이루니 여기저기서 물고기 떼가 모여든다. 제법 엄지손가락만씩 한 피리*도 여러 마리다.

'한 바가지 잡아서 회 쳐 놓고 한잔 쭉 들이켰으면…….'

군침이 목구멍에서 꿀꺽했다. 고기 떼를 향해서 마른 코를 팽팽 풀어 던지고, 그는 외나무다리를 조심히 디뎠다.

* **주워섬기다** 들은 대로 본 대로 이러저러한 말을 아무렇게나 늘어놓다.
* **고의춤** 고의(남자의 여름 홑바지)나 바지의 허리를 접어서 여민 사이.
* **피리** '송사리' 혹은 '피라미'의 사투리.

길이가 얼마 되지 않는 다리였으나 아래로 물을 내려다보면 제법 아찔했다. 그는 이 외나무다리를 퍽 조심한다.

언젠가 한번, 읍에서 술이 꽤 되어 가지고 흥청거리며 돌아오다가, 물에 굴러떨어진 일이 있었던 것이다. 지나치는 사람이 없었기에 망정이지, 누가 보았더라면 큰 웃음거리가 될 뻔했었다. 발목 하나를 약간 접쳤을 뿐, 크게 다친 데는 없었다. 이른 가을철이었기 때문에 옷을 벗어 둑에 늘어놓고 말릴 수는 있었으나, 여간 창피스러운 것이 아니었다. 옷이 말짱 젖었다거나 옷이 마를 때까지 발가벗고 기다려야 한다거나 해서가 아니었다. 팔뚝 하나가 몽땅 잘라져 나간 흉측한 몸뚱어리를 하늘 앞에 드러내 놓고 있어야 했기 때문이었다. 지나치는 사람이 있을라치면, 하는 수 없이 물속으로 뛰어 들어가서 얼굴만 내놓고 앉아 있었다. 물이 선뜩해서* 아래턱이 덜덜거렸으나, 오그라든 사타구니께를 한 손으로 꽉 움켜쥐고 버티는 수밖에 없었다.

"흐흐흐……."

그때 일을 생각하면 지금도 곧 웃음이 터져 나오는 것이다. 하늘로 쳐들린 콧구멍이 벌름거렸다.

개천을 건너서 논두렁길을 한참 부지런히 걸어가느라면 읍으로 들어가는 한길*이 나선다. 도로변에 먼지를 부옇게 덮어

* **선뜩하다** 갑자기 서늘한 느낌이 있다.

쓰고 도사리고* 앉아 있는 초가집은 주막이었다. 만도가 읍에 나올 때마다 꼭 한 번씩 들르곤 하는 단골집인 것이다. 이 집 눈썹이 짙은 여편네와는 예사로 농*을 주고받는 사이다.

술방 문턱을 넘어서며 만도가,

"서방님 들어가신다."

하면 여편네는,

"아이 문둥아, 어서 오느라."

하는 것이 인사처럼 되어 있었다. 만도는 여간 언짢은 일이 있어도 이 여편네의 궁둥이 곁에 가서 앉으면 속이 저절로 쑥 내려가는 것이었다.

주막 앞을 지나치면서 만도는 술방 문을 열어 볼까 했으나, 방문 앞에 신이 여러 켤레 널려 있고, 방 안에서 웃음소리가 요란하기 때문에 돌아오는 길에 들르기로 했다.

신작로*에 나서면 금시 읍이었다. 만도는 읍 들머리*에서 잠시 망설이다가, 정거장 쪽과는 반대되는 방향으로 길을 놓았다*. 장거리*를 찾아가는 것이었다. 진수가 돌아오는데 고등어나 한 손* 사 가지고 가야 될 거 아닌가 싶어서였다. 장날

* 한길 사람이나 차가 많이 다니는 넓은 길.
* 도사리다 깊숙이 자리잡다. 자리잡고서 꼼짝 않고 있다. 팔다리를 함께 모으고 웅크리다.
* 농 농담. 실없이 놀리거나 장난으로 하는 말.
* 신작로 새로 만든 길이라는 뜻으로, 자동차가 다닐 수 있을 정도로 넓게 새로 낸 길을 이르는 말.
* 들머리 들어가는 맨 첫머리.
* 길을 놓았다 걸음을 옮겼다.
* 장거리 장이 서는 거리.

은 아니었으나, 고깃전에는 없는 고기가 없었다. 이것을 살까 하면 저것이 좋아 보이고, 그것을 사러 가면 또 그 옆의 것이 먹음직해 보였다. 한참 이리저리 서성거리다가 결국은 고등어 한 손이었다. 그것을 달랑달랑 들고 정거장을 향해 가는데, 겨드랑 밑이 간질간질해 왔다. 그러나 한쪽밖에 없는 손에 고등어를 들었으니 참 딱했다. 어깻죽지를 연방* 위아래로 움직거리는 수밖에 없었다.

정거장 대합실*에 들어선 만도는 먼저 벽에 걸린 시계부터 바라보았다. 2시 20분이었다.

'벌써 2시 20분이라니 내가 잘못 보나?'

아무리 두 눈을 씻고 보아도 시계는 틀림없는 2시 20분이었다. 한쪽 걸상에 가서 궁둥이를 붙이면서도 곧장 미심쩍어* 했다.

'2시 20분이라니, 그럼 벌써 점심때가 겨웠단* 말인가.'

말도 아닌 것이다. 자세히 보니 시계는 유리가 깨어졌고, 먼지가 꺼멓게 앉아 있었다.

'그러면 그렇지.'

엉터리였다. 벌써 그렇게 되었을 리가 없는 것이다.

* **손** 한 손에 잡을 만한 분량을 세는 단위. 생선 한 손은 보통 두 마리를 가리킴.
* **연방** 연속해서 자꾸.
* **대합실** 공공시설에서 손님이 기다리며 머물 수 있도록 마련한 곳.
* **미심쩍다** 분명하지 못하여 마음이 놓이지 않는 데가 있다.
* **겹다** 때가 지나거나 기울어서 늦다.

"여보이소, 지금 몇 싱교?"

맞은편에 앉은 양복쟁이한테 물어보았다.

"10시 40분이오."

"예, 그렁교."

만도는 고개를 굽실하고는 두 눈을 연방 껌벅거렸다.

'10시 40분이라, 보자…… 그럼 아직도 한 시간이나 넘어 남았구나.'

그는 안심이 되는 듯 후유 숨을 내쉬었다. 궐련*을 한 개 빼 물고 불을 댕겼다. 정거장 대합실에 와서 이렇게 도사리고 앉아 있느라면, 만도는 곧잘 생각나는 일이 한 가지 있었다. 그 일이 머리에 떠오르면 등골을 찬 기운이 쫙 스쳐 내려가는 것이었다. 손가락이 시퍼렇게 굳어져서, 이끼 낀 나무토막 같은 팔뚝이 지금도 저만큼 눈앞에 보이는 듯했다.

바로 이 정거장 마당에 백 명 남짓한 사람들이 모여 웅성거리고 있었다. 그중에는 만도도 섞여 있었다. 기차를 기다리고 있는 것이었으나, 그들은 모두 자기네들이 어디로 가는 것인지 알지를 못했다. 그저 차를 타라면 탈 사람들이었다. 징용*에 끌려 나가는 사람들이었다. 그러니까 지금으로부터 십이삼

* 궐련 얇은 종이로 가늘고 길게 말아 놓은 담배.
* 징용 일제 강점기에 일본 제국주의자들이 조선 사람을 강제로 데려가 일을 시키던 것.

년 옛날의 이야기인 것이다.

북해도* 탄광으로 갈 것이라는 사람도 있었고, 틀림없이 남양 군도*로 간다는 사람도 있었다. 더러는 만주*로 가면 좋겠다고 하기도 했다. 만도는 북해도가 아니면 남양 군도일 것이고, 거기도 아니면 만주겠지, 설마 저희들이 하늘 밖으로야 끌고 갈까 보냐고 아무렇지도 않은 듯이 그 들창코로 담배 연기를 푹푹 내뿜고 있었다. 그러나 마음이 좀 덜 좋은 것은 마누라가 저쪽 변소 모퉁이 벚나무 밑에 우두커니 서서 한눈도 안 팔고 이쪽만을 바라보고 있는 때문이었다. 그래서 그는 주머니 속에 성냥을 두고도 옆 사람에게 불을 빌리자고 하며 슬며시 돌아서 버리곤 했다.

플랫폼*으로 나가면서 뒤를 돌아보니, 마누라는 울 밖에 서서 수건으로 코를 눌러 대고 있는 것이었다. 만도는 코허리*가 찡했다. 기차가 꽥꽥 소리를 지르면서 덜커덩! 하고 움직이기 시작했을 때는 정말 속이 덜 좋았다. 눈앞이 뿌옇게 흐려지는 것을 어쩌지 못했다. 그러나 정거장이 까맣게 멀어져 가고, 차창 밖으로 새로운 풍경이 휙휙 날아들자, 그만 아무렇지도 않

* **북해도** 일본의 '홋카이도'를 한자음으로 읽은 이름.
* **남양 군도** 제1차 세계 대전 이후부터 태평양 전쟁 때까지 일본 제국주의의 통치를 받던 태평양 적도 부근의 팔라우, 미크로네시아 연방, 마셜 제도 등을 말함.
* **만주** 중국 동북 지방을 이르는 말. 동쪽과 북쪽은 러시아와 접해 있고, 남쪽은 압록강과 두만강을 경계로 한반도와 접해 있음.
* **플랫폼** 역에서 기차를 타고 내리는 곳.
* **코허리** 콧등의 잘록한 부분. 또는 콧방울 위의 잘록하게 들어간 곳.

아지는 것이었다. 오히려 기분이 유쾌해지는 것 같기도 했다.

바다를 본 것도 처음이었고, 그처럼 큰 배에 몸을 실어 본 것은 더구나 처음이었다. 배 밑창에 엎드려서 꽥꽥 게워 내는 사람들이 많았으나, 만도는 그저 골이 좀 띵했을 뿐 아무렇지도 않았다. 더러는 하루에 두 개씩 주는 뭉칫밥*을 남기기도 했으나, 그는 한꺼번에 하루 것을 뚝딱해도 시원찮았다. 모두들 내릴 준비를 하라는 명령이 떨어진 것은 사흘째 되는 날 황혼 때였다. 제가끔 봇짐*을 챙기기에 바빴다. 만도도 호박 덩이만 한 보따리를 옆구리에 덜렁 찼다. 갑판 위에 올라가 보니 하늘은 활활 타오르고 있고, 바닷물은 불에 녹은 쇠처럼 벌겋게 출렁거리고 있었다. 지금 막 태양이 물 위로 뚝딱 떨어져 가는 것이었다. 햇덩어리가 어쩌면 그렇게 크고 붉은지 정말 처음이었다. 그리고 바다 위에 주황빛으로 번쩍거리는 커다란 산이 둥둥 떠 있는 것이었다. 무시무시하도록 황홀한 광경에 모두들 딱 벌어진 입을 다물 줄 몰랐다. 만도는 어깨마루를 버쩍 들어 올리면서 히야아, 고함을 질러 댔다. 그러나 섬에서 그들을 기다리고 있는 것은 숨 막히는 더위와 강제 노동과 그리고 잠자리만씩이나 한 모기떼……그런 것뿐이었다.

섬에다가 비행장을 닦는 것이었다. 모기에게 물려 혹이 된

* **뭉칫밥** 주먹밥의 사투리.
* **봇짐** 등에 지기 위하여 물건을 보자기에 싸서 꾸린 짐.

자리를 벅벅 긁으며 비 오듯 쏟아지는 땀을 무릅쓰고 아침부터 해가 떨어질 때까지 산을 허물어 내고, 흙을 나르고 하기란 고향에서 농사일에 뼈가 굳어진 몸에도 이만저만한 고역*이 아니었다. 물도 입에 맞지 않았고, 음식도 이내 변하곤 해서 도저히 견디어 낼 것 같지가 않았다. 게다가 병까지 돌았다. 일을 하다가도 벌떡 자빠지기가 예사였다. 그러나 만도는 아침저녁으로 약간씩 설사를 했을 뿐 넘어지지는 않았다. 물도 차츰 입에 맞아 갔고, 고된 일도 날이 감에 따라 몸에 배어드는 것이었다. 밤에 날개를 치며 몰려드는 모기떼만 아니면 그냥저냥 배겨 내겠는데, 정말 그놈의 모기들만은 질색이었다.

사람의 힘이란 무서운 것이었다. 그처럼 험난하던 산과 산 틈바구니에 비행장을 다듬어 내고야 말았던 것이다. 하나 일은 그것으로 끝나는 것이 아니고, 오히려 더 벅찬 일이 닥치는 것이었다. 연합군의 비행기가 날아들면서부터 일은 밤중까지 계속되었다. 산허리에 굴을 파 들어가는 것이었다. 비행기를 집어넣을 굴이었다. 그리고 모든 시설을 다 굴속으로 옮겨야 하는 것이었다.

여기저기서 다이너마이트 튀는 소리가 산을 흔들어 댔다. 앵앵앵 하고 공습경보*가 나면 일을 하던 손을 놓고 모두 굴

* **고역** 몹시 힘들고 고되어 견디기 어려운 일.
* **공습경보** 적의 항공기가 폭격하며 공격할 때 위험을 알리는 경보.

바닥에 납작납작 엎드려 있어야 했다. 비행기가 돌아갈 때까지 그러고 있는 것이었다. 어떤 때는 근 한 시간 가까이나 엎드려 있어야 하는 때도 있었는데, 차라리 그것이 얼마나 편한지 몰랐다. 그래서 더러는 공습이 있기를 은근히 기다리기도 했다. 때로는 공습경보의 사이렌을 듣지 못하고 그냥 일을 계속하는 수도 있었다.

그럴 때면 모두 큰 손해를 보았다고 야단들이었다. 어떻게 된 셈인지 사이렌이 미처 불기 전에 비행기가 산등성이를 넘어 달려드는 수도 있었다. 그럴 때는 정말 질겁*을 하는 것이었다. 가장 많은 손해를 입는 것도 그런 경우였다. 만도가 한쪽 팔뚝을 잃어버린 것도 바로 그런 때의 일이었다.

여느 날과 다름없이 굴속에서 바위를 허물어 내고 있었다. 바위 틈서리에 구멍을 뚫어서 다이너마이트 장치를 하는 것이었다. 장치가 다 되면 모두 바깥으로 나가고, 한 사람만 남아서 불을 댕기는 것이다. 그리고 그것이 터지기 전에 얼른 밖으로 뛰어나와야 한다.

만도가 불을 댕기는 차례였다. 모두 바깥으로 나가 버린 다음 그는 성냥을 꺼내었다. 그런데 웬 영문인지 기분이 꺼림칙했다*. 모기에 물린 자리가 자꾸 쑥쑥 쑤시는 것이었다. 긁적

* **질겁** 뜻밖의 일에 자지러질 정도로 깜짝 놀람.
* **꺼림칙하다** 마음에 걸려서 언짢고 싫은 느낌이 있다.

긁적 긁어 댔으나 도무지 시원한 맛이 없었다. 그는 이맛살을 찌푸리면서 성냥을 득! 그었다. 그래 그런지 몰라도 불은 이내 픽 하고 꺼져 버렸다. 성냥 알맹이 네 개째에서 겨우 심지에 불이 댕겨졌다. 심지에 불이 붙는 것을 보자, 그는 얼른 몸을 굴 밖으로 날렸다. 바깥으로 막 나서려는 때였다. 산이 무너지는 듯한 소리와 함께 사나운 바람이 귓전을 후려갈기는 것이었다. 만도는 정신이 아찔했다. 공습이었던 것이다. 산등성이를 넘어 달려든 비행기가 머리 위로 아슬아슬하게 지나가는 것이었다. 미처 정신을 차리기도 전에 또 한 대가 뒤따라 날아드는 것이 아닌가? 만도는 그만 넋을 잃고 굴 안으로 도로 달려 들어갔다. 달려 들어가서 굴 바닥에 아무렇게나 팍 엎드려 버리고 말았다. 그 순간이었다. 쾅! 굴 안이 미어지는* 듯하면서 다이너마이트가 터졌다. 만도의 두 눈에서 불이 번쩍했다.

만도가 어렴풋이 눈을 떠 보니, 바로 거기 눈앞에 누구의 것인지 모를 팔뚝이 하나 아무렇게나 던져져 있었다. 손가락이 시퍼렇게 굳어져서, 마치 이끼 낀 나무토막처럼 보이는 팔뚝이었다. 만도는 그것이 자기의 어깨에 붙어 있던 것인 줄을 알자 그만 으악! 하고 정신을 잃어버렸다. 재차 눈을 떴을 때는 그는 푹신한 담요 속에 누워 있었고, 한쪽 어깻죽지가 못 견디게 쿡쿡 쑤셔 댔다. 절단 수술이 이미 끝난 뒤였다.

* **미어지다** 가득 차서 터질 듯하다.

꽤애액 기차 소리였다. 멀리 산모퉁이를 돌아오는가 보다. 만도는 자리를 털고 벌떡 일어서며 옆에 놓아둔 고등어를 집어 들었다. 기적 소리가 가까워질수록 가슴이 울렁거렸다. 대합실 밖으로 뛰어나가 플랫폼이 잘 보이는 울타리 쪽으로 가서 발돋움을 했다.

땡땡땡…… 종이 울자, 한참 만에 차는 소리를 지르면서 달려들었다. 기관차의 옆구리에서는 김이 픽픽 풍겨 나왔다. 만도의 얼굴은 바짝 긴장되었다. 시꺼먼 열차 속에서 꾸역꾸역 사람들이 밀려 나왔다. 꽤 많은 손님이 쏟아져 내리는 것이었다. 만도의 두 눈은 곧장 이리저리 굴렀다. 그러나 아들의 모습은 쉽사리 눈에 띄지가 않았다. 저쪽 출찰구*로 밀려가는 사람들의 물결 속에 두 개의 지팡이를 짚고 절룩거리면서 걸어 나가는 상이군인*이 있었으나, 만도는 그 사람에게 주의가 가지는 않았다. 기차에서 내릴 사람은 모두 내렸는가 보다. 이제 미처 차에 오르지 못한 사람들이 플랫폼을 이리저리 서성거리고 있을 뿐인 것이다.

'그놈이 거짓으로 편지를 띄웠을 리는 없을 건데……'

만도는 자꾸 가슴이 떨렸다.

* **출찰구** 차나 배에서 내린 손님이 표를 내고 나가거나 나오는 곳.
* **상이군인** 전투나 임무를 수행하던 중에 몸을 다친 군인.

'이상한 일이다.'

하고 있을 때였다. 분명히 뒤에서,

"아부지!"

부르는 소리가 들렸다. 만도는 깜짝 놀라며, 얼른 뒤를 돌아보았다. 그 순간 만도의 두 눈은 무섭도록 크게 떠지고, 입은 딱 벌어졌다. 틀림없는 아들이었으나, 옛날과 같은 진수는 아니었다. 양쪽 겨드랑이에 지팡이를 끼고 서 있는데, 스쳐 가는 바람결에 한쪽 바짓가랑이가 펄럭거리는 것이 아닌가.

만도는 눈앞이 노래지는 것을 어쩌지 못했다. 한참 동안 그저 멍멍하기만 하다가, 코허리가 찡해지면서 두 눈에 뜨거운 것이 핑 도는 것이었다.

"에라이, 이놈아."

만도의 입술에서 모질게 튀어나온 첫마디였다. 떨리는 목소리였다. 고등어를 든 손이 불끈 주먹을 쥐고 있었다.

"이기 무슨 꼴이고, 이기."

"아부지!"

"이놈아, 이놈아……."

만도의 들창코가 크게 벌름거리다가 훌쩍 물코를 들이마셨다. 진수의 두 눈에서는 어느 결에 눈물이 꾀죄죄하게 흘러내리고 있었다. 만도는 진수의 잘못이기나 한 듯 험한 얼굴로,

"가자, 어서!"

무뚝뚝한 한마디를 내던지고는 성큼성큼 앞장을 서 가는 것

이었다. 진수는 입술에 내려와 묻는 짭짤한 것을 혀끝으로 날름 핥아 버리면서 절름절름 아버지의 뒤를 따랐다.

앞장서 가는 만도는 뒤따라오는 진수를 한 번도 돌아보지 않았다. 한눈을 파는 법도 없었다. 무겁디무거운 짐을 진 사람처럼 땅바닥만을 내려다보며 이따금 끙끙거리면서 부지런히 걸어만 가는 것이다. 지팡이에 몸을 의지하고 걷는 진수가 성한 사람의, 게다가 부지런히 걷는 걸음을 당해 낼 수는 도저히 없었다. 한 걸음 두 걸음씩 뒤지기 시작한 것이 그만 작은 소리로 불러서는 들리지 않을 만큼 떨어져 버리고 말았다. 진수는 목구멍을 왈칵 넘어오려는 뜨거운 기운을 참느라고 어금니를 야물게 깨물어 보기도 하였다. 그리고 두 개의 지팡이와 한 개의 다리를 열심히 움직여 대는 것이었다.

앞서간 만도는 주막집 앞에 이르자, 비로소 한 번 뒤를 돌아보았다. 진수는 오다가 나무 밑의 그늘에서 오줌을 누고 있었다. 지팡이는 땅바닥에 던져 놓고, 한쪽 손으로는 볼일을 보고, 한쪽 손으로는 나무둥치를 안고 있는 꼬락서니가 을씨년스럽기* 이를 데 없었다. 만도는 눈살을 찌푸리며 으음! 신음 소리 비슷한 무거운 소리를 토했다. 그리고 술방 앞으로 가서 방문을 왈칵 잡아당겼다.

기역 자 판 안에 도사리고 앉아서 속옷을 뒤집어 이를 잡고

* **을씨년스럽다** 보기에 몹시 스산하고 쓸쓸한 데가 있다.

있던 여편네가 킥! 웃으며 후닥닥 옷섶*을 여몄다. 그러나 만도는 웃지를 않았다. 방문턱을 넘어서면서도 서방님 들어가신다는 소리를 지르지 않았다. 이처럼 뚝뚝한* 얼굴을 하고 이 술방에 들어서기란 아마 처음 일일 것이다. 여편네가 멋도 모르고,

"오늘은 서방님 아닌가 배."

하고 킬킬 웃었으나, 만도는 으음! 또 무거운 신음 소리를 했을 뿐이었다.

기역 자 판 앞에 가서 쭈그리고 앉기가 바쁘게,

"빨리빨리."

재촉이었다.

"하따나, 어지간히도 바쁜가 배."

"빨리 곱빼기로 한 사발 달라니까구마."

"오늘은 와 이카노?"

여편네가 쳐* 주는 술 사발을 받아 들며, 만도는 후유 한숨을 크게 내쉬었다. 그리고 입을 얼른 사발로 가져갔다. 꿀꿀꿀 잘도 넘어간다. 그 큰 사발을 단숨에 비워 버리고는 도로 여편네 앞으로 불쑥 내민다. 그렇게 거들빼기로* 석 잔을 해치우고

* 옷섶 저고리나 두루마기 따위의 깃 아래쪽에 달린 길쭉한 헝겊.
* 뚝뚝하다 무뚝뚝하다.
* 치다 (사람이 잔에 술을) 기울여 따르다.
* 거들빼기로 '연거푸' '거듭'의 사투리.

서 으으윽! 게트림*을 했다. 여편네가 눈이 휘둥그레 가지고 혀를 내둘렀다. 빈속에 술을 그처럼 때려 마시고 보니 금세 눈두덩이 확확 달아오르고, 귀뿌리가 발갛게 익어 갔다.

술기가 얼근하게 돌자, 이제 좀 속이 풀리는 것 같아 방문을 열고 바깥을 내다보았다. 진수는 이마에 땀을 척척 흘리면서 다 와 가고 있었다.

"진수야!"

버럭 소리를 질렀다.

"이리 들어와 보래."

"……."

진수는 아무런 대꾸도 없이 어기적어기적 다가왔다. 다가와서 방문턱에 걸터앉으니까 여편네가 보고,

"방으로 좀 들어오이소."

한다.

"여기 좋심더."

그는 수세미 같은 손수건으로 이마와 코언저리를 아무렇게나 훔친다*.

"마, 아무 데서나 묵어라. 저…… 국수 한 그릇 말아 주소."

"야."

* **게트림** 거만스럽게 거드름을 피우며 하는 트림.
* **훔치다** 물기나 때 따위가 묻은 것을 닦아 말끔하게 하다.

"곱빼기로 잘 좀…… 참지름*도 치소, 잉?"

"야아."

여편네는 코로 히죽 웃으면서 만도의 옆구리를 살짝 꼬집고는, 소쿠리에서 삶은 국수 두 뭉텅이를 집어 든다.

진수가 국수를 훌훌 그러넣고* 있을 때, 여편네는 만도의 귓전으로 얼굴을 살짝 갖다 댄다.

"아들인가?"

만도는 고개를 약간 앞뒤로 끄덕거렸을 뿐 좋은 기색*을 하지 않았다.

진수가 국물을 훌쩍 들이마시고 나자 만도는,

"한 그릇 더 묵을래?"

한다.

"아니예."

"한 그릇 더 묵지 와?"

"고만 묵을랍니더."

진수는 입술을 썩 닦으며 부스스 자리에서 일어났다.

주막을 나선 그들 부자는 논두렁길로 접어들었다. 아까와 같이 만도가 앞장을 서는 것이 아니라, 이번에는 진수를 앞세웠다. 지팡이를 짚고 기우뚱기우뚱 앞서가는 아들의 뒷모습을

* **참지름** '참기름'의 사투리.
* **그러넣다** 사방에 흩어져 있는 것을 그러모아 안으로 집어넣다.
* **기색** 마음의 작용으로 얼굴에 드러나는 빛.

바라보며 팔뚝이 하나밖에 없는 아버지가 느릿느릿 따라가는 것이다. 손에 매달린 고등어가 대고 달랑달랑 춤을 춘다. 너무 급하게 들이부어서 그런지 만도의 뱃속에서는 우글우글 술이 끓고, 다리가 휘청거린다. 콧구멍으로 더운 숨을 훅훅 내뿜어 본다. 정신이 아른하다. 좋다.

"진수야!"

"예."

"니 우짜다가 그래됐노?"

"전쟁하다가 이래 안 됐십니꾜. 수류탄 쪼가리에 맞았심더."

"수류탄 쪼가리에?"

"예."

"음……."

"얼른 낫지 않고 막 썩어 들어가기 땜에 군의관*이 짤라 버립디더, 병원에서예."

"……."

"아부지!"

"와?"

"이래 가지고 나 우째 살까 싶습니더."

"우째 살긴 뭘 우째 살아. 목숨만 붙어 있으면 다 사는 기다. 그런 소리 하지 마라."

* **군의관** 군대에서 의사의 임무를 맡고 있는 장교.

"……."

"나 봐라, 팔뚝이 하나 없어도 잘만 안 사나. 남 봄에 좀 덜 좋아서 그렇지, 살기사 왜 못 살아."

"차라리 아부지같이 팔이 하나 없는 편이 낫겠어예. 다리가 없어 노니, 첫째 걸어 댕기기에 불편해서 똑 죽겠심더."

"야야, 안 그렇다. 걸어 댕기기만 하면 뭐 하노. 손을 제대로 놀려야 일이 뜻대로 되지."

"그럴까예?"

"그렇다니. 그러니까 집에 앉아서 할 일은 니가 하고, 나댕기메 할 일은 내가 하고, 그라면 안 되겠나, 그제?"

"예."

진수는 가벼운 한숨을 내쉬며 아버지를 돌아보았다. 만도는 돌아보는 아들의 얼굴을 향해 지그시 웃어 주었다.

술을 마시고 나면 이내 오줌이 마려워진다. 만도는 길가에 아무렇게나 쭈그리고 앉아서 고기 묶음을 입에 물려고 한다. 그것을 본 진수는,

"아부지, 그 고등어 이리 주이소."

한다.

팔이 하나밖에 없는 몸으로 물건을 손에 든 채 소변을 볼 수는 없는 것이다. 아버지가 볼일을 마칠 때까지 진수는 저만치 떨어져 서서 지팡이를 한쪽 손에 모아 쥐고, 다른 손으로 고등어를 들고 있었다. 볼일을 다 본 만도는 얼른 가서 아들의 손에

서 고등어를 다시 받아 든다.

개천 둑에 이르렀다. 외나무다리가 놓여 있는 그 시냇물이다. 진수는 슬그머니 걱정이 되었다. 물은 그렇게 깊은 것 같지 않지만, 밑바닥이 모래흙이어서 지팡이를 짚고 건너가기가 만만할 것 같지 않기 때문이다. 외나무다리 위로는 도저히 건너갈 재주가 없고……. 진수는 하는 수 없이 둑에 퍼지르고 앉아서 바짓가랑이를 걷어 올리기 시작했다. 만도는 잠시 멀뚱히 서서 아들의 하는 양을 내려다보고 있다가,

"진수야, 그만두고, 자아, 업자."

하는 것이었다.

"업고 건느면 일이 다 되는 거 아니가. 자아, 이거 받아라."

고등어 묶음을 진수 앞으로 내민다.

"……."

진수는 퍽 난처해하면서 못 이기는 듯이 그것을 받아 들었다. 만도는 등어리를 아들 앞에 갖다 대고 하나밖에 없는 팔을 뒤로 버쩍 내밀며,

"자아, 어서!"

진수는 지팡이와 고등어를 각각 한 손에 쥐고, 아버지의 등어리로 가서 슬그머니 업혔다. 만도는 팔뚝을 뒤로 돌려서 아들의 하나뿐인 다리를 꼭 안았다. 그리고,

"팔로 내 목을 감아야 될 끼다."

했다.

진수는 무척 황송한* 듯 한쪽 눈을 찍 감으면서 고등어와 지팡이를 든 두 팔로 아버지의 굵은 목덜미를 부둥켜안았다. 만도는 아랫배에 힘을 주며 끙! 하고 일어났다. 아랫도리가 약간 후들거렸으나 걸어갈 만은 했다. 외나무다리 위로 조심조심 발을 내디디며 만도는 속으로,

'이제 새파랗게 젊은 놈이 벌써 이게 무슨 꼴이고. 세상을 잘못 타고 나서 진수 니 신세도 참 똥이다 똥.'

이런 소리를 주워섬겼고, 아버지의 등에 업힌 진수는 곧장 미안스러운 얼굴을 하며,

'나꺼정 이렇게 되다니 아부지도 참 복도 더럽게 없지. 차라리 내가 죽어 버렸더라면 나았을 낀데…….'

하고 중얼거렸다.

만도는 아직 술기가 약간 있었으나, 용케 몸을 가누며 아들을 업고 외나무다리를 조심조심 건너가는 것이었다. 눈앞에 우뚝 솟은 용머리재가 이 광경을 가만히 내려다보고 있었다.

* **황송하다** 분에 넘쳐 고맙고도 송구하다.

1. 다음 사건들을 시간 순서로 나열해 보자.

① 만도는 아들 진수가 돌아온다는 통지서를 받음.
② 술에 취해 외나무다리를 건너던 만도가 개천에 빠짐.
③ 고등어 한 손을 산 만도는 일찍 정거장에 도착함.
④ 일제 징용으로 남태평양의 섬에서 강제 노동을 하던 만도는 왼팔을 잃음.
⑤ 한 다리를 잃고 두 개의 지팡이를 짚은 상이군인이 플랫폼에 내림.
⑥ 진수는 전쟁에서 수류탄을 맞고 한 다리를 절단함.
⑦ 만도가 소변을 보는 동안 진수가 고등어를 들어 줌.
⑧ 진수를 업은 만도는 외나무다리를 조심스럽게 건넘.

④ → → → → → → → ⑧

2. 이 소설에 나오는 다음 소재의 의미를 파악해 보고, 이를 통해 작품의 주제를 유추해 보자.

주요 소재	의미	작품의 주제
고등어		우리 민족의 수난과 극복 의지.
외나무다리		

3. 전쟁에서 장애를 입은 아들에게 건넨 만도의 말이다. 상대를 격려하고 응원하는 방법과 연결해 보자.

"우째 살긴 뭘 우째 살아. 목숨만 붙어 있으면 다 사는 기다. 그런 소리 하지 마라." •	• 장애에 신경 쓰지 말고 자신의 목숨을 소중히 여기도록 한다.
"나 봐라, 팔뚝이 하나 없어도 잘만 안 사나. 남 봄에 좀 덜 좋아서 그렇지, 살기는 왜 못 살아." •	• 상대의 강점과 능력을 일깨워 자존감을 잃지 않도록 한다.
"야야, 안 그렇다. 걸어 댕기기만 하면 뭐 하노. 손을 제대로 놀려야 일이 뜻대로 되지." •	• 자신의 경험을 들려주며 상대도 충분히 살아갈 수 있음을 북돋운다.
"집에 앉아서 할 일은 니가 하고, 나댕기메 할 일은 내가 하고, 그라면 안 되겠나, 그제?" •	• 일을 분담해서 하는 방법을 제안하여 각자 역할이 있음을 일깨운다.

4. 「수난이대」의 내용을 활용하여 낱말 퍼즐을 풀어 보자.

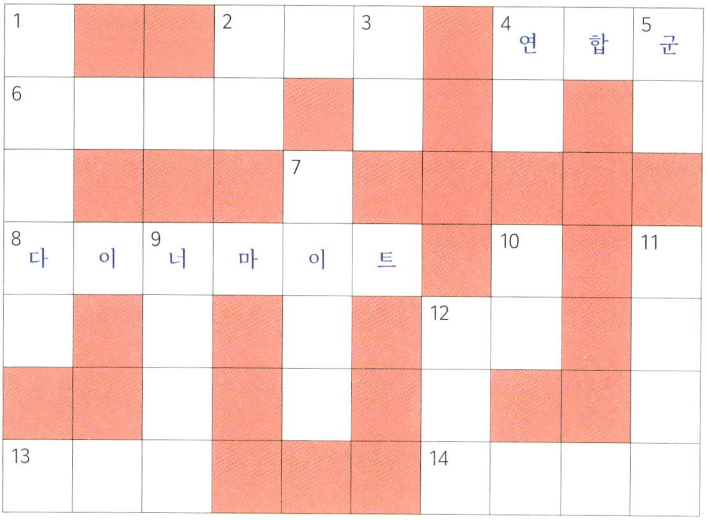

◆ 가로말 풀이

2. 명 빨강과 노랑의 중간 빛.
4. 명 전쟁에서 여러 국가가 연합한 군대.
6. 명 생명이 없는 것처럼 보이는 생명체를 비유적으로 이르는 말.
8. 명 스웨덴의 화학자 노벨이 발명한 폭발약.
12. 명 몹시 힘들고 고되어 견디기 어려운 일.
13. 동 먹은 것을 삭이지 못하고 도로 입 밖으로 내어놓다.
14. 부 기억이나 생각 따위가 뚜렷하지 아니하고 흐릿하게.

◆ 세로말 풀이

1. 명 한 개의 통나무로 놓은 다리.
2. 명 시골 길가에서 밥과 술을 파는 집.
3. 명 물체가 빛을 받을 때 나타나는 특유한 빛.
4. 명 무엇이 불에 탈 때에 생겨나는 흐릿한 기체나 기운.
5. 명 무리를 이루고 있는 크고 작은 섬들.
7. 명 전투나 군사상 공무 중에 몸을 다친 군인.
9. 형 마음이 넓고 아량이 있다.
10. 명 한글 자음 'ㄱ'의 이름.
11. 명 산의 등줄기, 능선.
12. 명 몸이 기름지고 통통하며 등에 녹색을 띤 검은색 물결무늬가 있는 바닷물고기.

양반전

박
지
원

박지원

조선 후기에 활동한 실학자 겸 문장가. 1737년에 태어나 1805년에 세상을 떠났다. 호는 '연암'이다. 현실에 안주하지 않은 비판적 지식인이었고, 중국의 선진 문물을 배우고 실천하려고 했던 북학의 선두 주자였다. 청나라에 가서 그들의 생활을 직접 보고 돌아와 중국의 역사·사회·문화 등을 폭넓게 소개한 기행문집 『열하일기』를 썼다. 양반 계층의 타락한 모습을 고발한 한문소설 「양반전」 「허생전」 「민옹전」 등을 지었다.

* 읽기 전에 *

여러분은 '양반' 하면 어떤 사람이 떠오르나요? 이야기 속 양반은 대대로 양반이지만, 나라에 낼 세금조차 없는 가난뱅이예요. 아내의 잔소리에 시달리던 그는 결국 '양반 신분'을 팔기로 결심하죠. 이 소문을 들은 마을의 부자는 눈이 번쩍! 돈은 많지만, 양반이 아니어서 늘 무시당했던 그는 드디어 양반이 될 기회를 잡게 되어요. 심지어 군수까지 나서서 '양반 매매 증서'를 써 주기로 하죠. 그런데 양반 신분을 판다는 것은 무엇을 판다는 의미일까요? '양반 매매 증서'에는 어떤 말이 적혀 있을까요?

1

강원도 정선 고을에 한 양반이 살았다. 그는 성품이 어질고 글 읽기를 매우 좋아하였다. 온 고을에 인품이 높기로 소문이 나서 새로 군수가 부임해 올 때면 으레 그 집에 찾아가 먼저 인사를 드렸다. 그런데 그 양반은 살림이 워낙 가난해서 해마다 관가에서 곡식을 빌려다 먹고 여러 해 동안 갚지 못하였다. 이렇게 빌린 관곡(官穀)*이 그럭저럭 천 석*이 넘었다.

어느 날 강원도 감사*가 정치의 잘잘못을 가리고 백성들의 형편을 살피기 위해 정선 고을에 들렀다. 감사는 관곡의 출납*을 조사하다가 몹시 노하였다.

"어떤 놈의 양반이 이렇게 많은 관곡을 축냈단 말이냐?"

감사는 양반을 당장 잡아 가두라고 불호령을 내렸다.

* **관곡** 국가나 관청에서 갖고 있는 곡식.
* **석** 부피의 단위. 곡식, 가루, 액체 따위의 부피를 잴 때 쓴다. 한 석은 약 180리터에 해당한다.
* **감사** 조선 시대에 각 도의 으뜸 벼슬. 지금의 도지사에 해당함.
* **출납** 돈이나 물품을 내어주거나 받아들임.

'그 양반이 무슨 수로 천 석을 갚는단 말인가?'

영을 받은 군수는 마음속으로 측은하게 여겼지만, 달리 뾰족한 수가 없었다. 그래서 차마 잡아 가두지도 못하고, 감사의 서슬* 퍼런 영을 거역할 수도 없어서 그저 한숨만 내쉬고 있었다.

양반 역시 곧 이 소식을 전해 들었지만, 밤낮으로 훌쩍훌쩍 울기만 할 뿐 아무런 대책을 세우지 못하였다.

양반의 아내가 이 꼬락서니를 보고 있자니 기가 막히고 어이가 없어 혀를 끌끌 찼다.

"당신은 평생 글만 읽더니, 이제는 관가에서 꾸어다 먹은 곡식도 못 갚는구려. 양반, 양반 하더니 참 딱하오! 그놈의 양반이란 것이 한 푼 값어치도 안 나간단 말이오!"

때마침 그 마을에 한 부자가 살고 있었다. 부자는 양반이 곧 붙잡혀 가게 생겼다는 말을 듣고는, 식구들을 모두 모아 놓고 의논하였다.

"양반은 아무리 가난해도 늘 귀하게 대접받고 떵떵거리며 사는데, 우리는 아무리 돈이 많아도 늘 천한 대접만 받는단 말이야. 말 한번 거들먹거리며 타 보지도 못하고, 양반만 보면 저절로 기가 죽어 굽실거리며 섬돌* 아래 엎드려 절하고, 늘 코

* **서슬** 언행 따위가 독이 올라 날카로운 기세.

를 땅바닥에 대고 엉금엉금 기어야 하니 참 더러운 일이야. 이제 저 건넛집 양반이 관곡을 갚지 못해 곧 붙잡혀 가게 생긴 모양인데, 그 형편에 도저히 양반 자리를 지켜 내지 못할 거란 말이야. 이 기회에 내가 그 자리를 사서 양반 행세를 한번 해 보면 어떨까?"

부자는 곧 양반을 찾아가 자기가 관곡을 대신 갚아 줄 테니 그 대가로 양반 자리를 넘겨 달라고 하였다. 양반은 속수무책* 으로 잡혀갈 날만 기다리던 참이라, 몹시 기뻐하며 그 자리에서 승낙을 하였다. 부자는 곧바로 곡식을 관가에 싣고 가서 양반이 빌린 관곡을 모두 갚아 주고 양반 자리를 사들였다.

2

군수는 양반이 관곡을 모두 갚았다는 말을 통인(通引)*에게 전해 듣고 깜짝 놀랐다. 그 형편에 천 석이나 되는 관곡을 어떻게 한꺼번에 갚을 수 있었는지 영문을 알 수 없었다. 그래서 위로도 할 겸 궁금증도 풀 겸 몸소 양반을 찾아갔다.

그런데 뜻밖에도 양반은 의관(衣冠)*도 갖추지 않고 벙거지*

* 섬돌 집채의 앞뒤에 오르내릴 수 있게 놓은 돌층계.
* 속수무책 어찌할 방법이 없어 꼼짝 못함.
* 통인 관가에서 잔심부름을 하는 관리.
* 의관 양반이 차려입는 남자의 웃옷과 갓.
* 벙거지 조선 시대 무관 또는 양반집의 하인이 쓰던, 털로 만든 모자.

에 짧은 잠방이*를 입은 채 사립문 밖 땅바닥에 엎드려 "쇤네, 쇤네." 하면서 군수를 감히 바로 쳐다보지도 못하는 것이었다.

군수는 깜짝 놀라 말에서 뛰어내려 양반의 손을 붙잡고 일으켜 세우려 하였다.

"이게 도대체 어찌 된 일이오? 대관절* 왜 이러시오?"

그러나 양반은 더욱 황송한 듯 연방 머리를 조아렸다.

"황송하옵니다. 쇤네가 양반 자리를 팔아서 관곡을 갚았사옵니다. 이제 저 건넛집 부자가 양반이옵니다. 그러니 어찌 이미 팔아먹은 양반 행세를 하겠나이까?"

군수는 그 말을 듣고 감탄하였다.

"허허, 그 부자가 참으로 점잖구려. 그 부자야말로 진실로 양반답구려. 부자이면서도 인색하지 않으니 의로운 것이요, 남의 어려운 일을 기꺼이 도와주니 어진 것이요, 낮고 천한 것을 미워하고 높고 귀한 것을 좋아하니 어찌 슬기롭다 하지 않으리오. 그 의롭고 어질고 슬기로운 사람이야말로 진짜 양반이 아니겠소. 그러나 이보시오. 아무리 그렇다 해도 귀한 양반 자리를 사고팔면서 어찌 증서 하나도 남기지 않고 사사로이 주고받는단 말이오? 그러면 나중에 소송의 꼬투리가 되기 쉬우니, 내가 이 고을의 군수로서 고을 백성들을 모아 증인을 세

* **잠방이** 가랑이가 무릎까지 내려오도록 짧게 만든 홑바지.
* **대관절** 여러 말 할 것 없이 요점만 말하건대.

우고 직접 증서를 만들어 서명을 해야겠소."

군수는 곧 돌아가 정선 고을에 사는 양반들을 모두 불러 모았다. 그리고 농사꾼과 공장(工匠)*, 상인까지 관심 있는사람이면 누구나 참관할 수 있게 하였다.

양반이 된 부자는 마땅히 마루 위 높은 자리에 앉히고, 천민이 된 양반은 당연히 섬돌 아래 서서 고개를 숙이고 있게 하였다. 그러고는 고을의 백성들이 지켜보는 가운데 증서를 만들기 시작하였다.

1745년 9월 아무 날에 이 증서를 만드노라. 양반을 팔아서 관곡을 갚았는데 그 값이 쌀 일천 석이라. 본래 양반은 여러 가지로 불리는데, 글만 읽는 양반은 '선비'라 하고, 벼슬살이하는 양반은 '대부(大夫)'라 하고, 덕이 높은 양반은 '군자(君子)'라 하느니라. 임금 앞에 나아가 무반(武班)은 서쪽에 늘어서고 문반(文班)은 동쪽에 늘어서니, 이 양쪽을 통틀어 양반(兩班)이라 하느니라. 이 여러 가지 중에서 마음대로 골라잡으면 되느니라.

그러나 양반이 반드시 지켜야 할 것이 있으니, 이것을 어겨서는 안 되느니라. 양반은 절대로 천한 일을 해서는 안 되며, 옛사람의 아름다운 일을 본받아 뜻을 고상하게 세워야 하느니

* **공장** 수공업에 종사하는 사람.

라. 새벽 네 시가 되면 일어나 이부자리를 잘 정돈한 다음 등불을 밝히고 꿇어앉는데, 앉을 때는 정신을 맑게 가다듬어 눈으로 코끝을 가만히 내려다보고, 두 발꿈치는 가지런히 한데 모아 엉덩이를 괴어야 하며, 그 자세로 꼿꼿이 앉아 『동래박의(東萊博議)』*를 얼음 위에 박 밀듯*이 술술술 외워야 하느니라. 배고픈 것은 참고 추운 것도 견뎌야 하며 어떤 일이 있어도 가난하다는 말을 입 밖에 내서는 안 되느니라. 그리고 일없이 앉아 있을 때는 건강을 위하여 아래윗니를 마주쳐 딱딱딱 소리를 내며, 손바닥을 귀에 댄 채 손가락을 목 뒤로 돌려 뒤통수를 톡톡 퉁기면서 콧소리를 큼큼 내며, 입맛을 다시듯이 입안에 침을 모아 삼켜야 하느니라. 탕건*이나 갓의 먼지는 소맷자락으로 문질러 털되 먼지가 파도치듯이 일어나게 해야 하며, 세수할 때는 주먹의 때를 밀지 말며, 양치질을 해서 입 냄새가 나지 않게 하며, 하인을 부를 때는 "도올쇠야—" 하고 목소리를 길게 뽑아서 부를 것이며, 걸을 때는 느릿느릿 신발을 땅에 끌며 걸어야 하느니라. 『고문진보(古文眞寶)』*나 『당시품휘(唐詩品彙)』*를 깨알같이 베껴 쓰되 한 줄에 백 자가 되도록 해야 하

* 『동래박의』 중국 송나라 때 여조겸이 지은 책.
* 얼음 위에 박 밀듯 말이나 글을 거침없이 줄줄 내리읽거나 내리외는 모양을 비유적으로 이르는 속담.
* 탕건 벼슬아치가 갓 아래 받쳐 쓰던 머리쓰개의 하나.
* 『고문진보』 중국 송나라 때 황견이 중국 역사상 훌륭한 시와 문장을 모아 엮은 책.
* 『당시품휘』 중국 명나라의 고병이 당나라의 훌륭한 시를 가려 뽑은 책.

며, 손에 돈을 만져서는 안 되며, 쌀값을 물어서는 안 되며, 아무리 더워도 버선을 벗어서는 안 되느니라. 밥을 먹을 때는 맨상투 바람으로 먹지 말며, 국부터 먼저 마시지 말며, 국을 먹을 때는 방정맞게 후루룩 소리 나게 마시지 말며, 젓가락을 방아 찧듯이 톡톡거리지 말며, 날파를 먹고 냄새를 풍기지 말아야 하느니라. 술 마실 때는 수염을 쭉쭉 빨지 말며, 담배 피울 때는 볼이 오목하게 파이도록 연기를 깊이 빨아들이지 말아야 하느니라. 아무리 화가 나도 아내를 때려서는 안 되며, 분통이 터져도 그릇을 던져서는 안 되며, 주먹으로 아이를 때려서는 안 되며, 종에게 잘못이 있다고 때려 죽여서는 안 되며, 마소*를 야단칠 때도 그것을 팔아먹은 원래 주인을 욕해서는 안 되느니라. 아프다고 무당을 불러 푸닥거리*를 해서도 안 되며, 제사를 지낼 때 중을 불러다가 재*를 올려서도 안 되며, 춥다고 화롯불을 쬐어도 안 되며, 말할 때 침을 튀겨서도 안 되며, 소 잡는 백정 노릇을 해서도 안 되며, 돈놀이를 해서도 안 되느니라.

이와 같이 양반에게는 엄연히 지켜야 할 도리가 있으니, 양반이 된 부자가 여기서 한 가지라도 어길 때는 천민이 된 양반이 이 증서를 가지고 관가에 와서 소송을 하여 양반 자리를 다

* **마소** 말과 소.
* **푸닥거리** 무당이 간단하게 음식을 차려놓고 하는 굿.
* **재** 명복을 빌기 위하여 부처에게 절하고 기도하는 일.

시 찾을 수 있느니라.

이렇게 하여 군수가 증서 끝에 먼저 이름을 쓰고, 좌수*와 별감*도 나란히 서명을 하였다. 곧이어 통인이 도장을 가져와 여기저기 풍풍 찍어 대는데, 그 소리가 마치 북을 치는 것과 같고, 그 찍은 모양이 밤하늘의 별자리와 같았다.

호장(戶長)*이 이 증서를 소리 높여 읽어 주니, 부자는 길게 한숨을 내뿜으며 이렇게 뇌까렸다.

"양반이라는 게 겨우 요것뿐이란 말이오? 양반은 신선이나 다름없다더니, 정말 요것뿐이라면 그 많은 곡식만 축낸 것이 억울하오. 아무쪼록 좋은 쪽으로 잘 좀 고쳐 주시오."

군수는 부자의 요청을 받아들여 이미 만들어진 증서를 내버리고 다시 고쳐 쓰기 시작하였다.

하늘이 백성을 낼 때 네 가지(사농공상士農工商)*로 구분하였느니라. 이 가운데 가장 으뜸가는 것이 선비요 곧 양반이니, 이보다 더 좋은 것은 없느니라. 양반은 몸소 농사짓지 않고 장사도 하지 않으며, 조금만 글을 읽으면 크게는 문과에 급제하고 작

* **좌수** 조선 시대 지방의 자치 기구인 향청의 우두머리.
* **별감** 조선 시대 유향소에 소속된 관직.
* **호장** 관아의 벼슬아치 밑에서 일을 보는 사람들의 우두머리.
* **사농공상** 예전에 백성을 나누던 네 가지 계급. 선비, 농민, 공장, 상인을 이르던 말.

게는 진사가 되느니라. 문과에 급제하게 되면 홍패*를 받는데, 그 길이는 비록 두 자밖에 안 되지만 이것만 받게 되면 백 가지를 두루 갖추게 되니 돈 자루나 다름없는 것이니라. 진사가 나이 서른에 첫 벼슬을 하더라도 오히려 늦은 것이 아니니 이름 높은 음관*이 될 수 있느니라. 게다가 남인*에게 잘만 보이면 큰 고을 수령 자리는 따 놓은 당상*이니 귓바퀴가 일산* 덕분에 하얘지고, 종놈들의 "예이—" 하는 소리에 먹지 않아도 절로 배가 부르고, 방 안에는 어여쁜 기생을 데려다 앉혀 놓고, 뜰에는 학을 길러 날게 할 수 있느니라. 하다못해 시골에서 가난한 선비로 살더라도 자기 멋대로 할 수 있으니, 이웃집 소를 빌려 자기 밭을 먼저 갈게 하고, 마을 사람을 불러다가 자기 밭을 먼저 김매게 할 수 있느니라. 만일 어떤 놈이 양반을 업신여기고 말을 듣지 않을 때는 그놈의 코에다 잿물을 들이붓고 상투 꼬투리를 잡아 휘휘 돌리고 수염을 잡아 뽑는다 하더라도 감히 원망할 수 없으니…….

새로 고쳐 쓴 증서가 거의 반쯤 되었을 때, 부자는 기가 막히고 어이가 없어 귀를 꽉 막고 혀를 설레설레 내둘렀다.

* **홍패** 문과 과거의 합격증.
* **음관** 과거를 거치지 않고 조상의 덕으로 얻는 벼슬.
* **남인** 당시에 실권을 잡은 당파.
* **따 놓은 당상** 일이 확실하여 조금도 틀림이 없음을 이르는 속담.
* **일산** 햇볕을 가리기 위하여 세우는 큰 양산.

"제발 그만! 그만하시오! 양반이라는 것이 참 맹랑하기도* 하오. 나리님네들은 지금 나를 날도둑놈으로 만들 작정이오?"

부자는 말을 마치기가 무섭게 손으로 머리를 싸매고는 뒤도 안 돌아보고 달아나 버렸다. 그리고 그 뒤로 죽는 날까지 다시는 '양반'이라는 말을 입 밖에 내지 않았다.

[장철문 옮김]

* **맹랑하다** 생각과는 달리 이치에 맞지 않고 매우 허망하다. 당돌하고 깜찍하다.

활동

1. <보기>에서 알맞은 말을 골라 빈칸을 채우며 「양반전」 등장인물의 특징을 파악해 보자.

보기 ▶	노동	여가	능력	문벌
매매	재능	재산	체면	실속
양반	평민	겸손	허세	

양반	양반의 아내
• □□과 □□은 없으면서 □□과 □□만 중시한다. □□을 거부하고 대접만 받으려고 한다.	• 남편과 달리 현실적이고 실속을 중시한다. 먹고사는 문제를 우선 생각하며, 생활력이 강하다.
군수	**부자**
• 양반 신분 □□ 증서 작성을 주도하며 양반의 허울뿐인 권위를 드러낸다.	• □□ 신분이지만 □□이 많다. 가난한 양반이 빌린 관곡을 갚아 주고 □□ 신분을 사들이려 한다.

2. 다음은 '양반 매매 증서'가 풍자하거나 비판한 것에 대한 설명이다. 괄호 안에 알맞은 낱말을 넣어 보자.

	풍자나 비판의 내용
첫 번째 양반 매매 증서	양반이 지켜야 할 (　　　　　)와/과 규범, 생활 태도를 적은 증서다. 지나치게 체면을 중요하게 여기며 (　　　　　)에 얽매여 있는 양반의 모습을 풍자했다.
두 번째 양반 매매 증서	양반이 누릴 수 있는 (　　　　　)을 적은 증서다. 횡포를 일삼는 양반의 (　　　　　) 모습을 풍자했다.

3. 이 작품에 드러난 신분제 사회의 특징에 대해 생각해 보고, 신분제 사회에 대한 자신의 의견을 써 보자.

4. 사고팔 수 있는 것과 없는 것에는 어떤 것이 있을까 생각해 보고 그 이유를 써 보자.

- 사고팔 수 있는 것:
- 그렇게 생각한 이유:

- 사고팔 수 없는 것:
- 그렇게 생각한 이유:

카멜레온

안톤 체호프

안톤 체호프(Anton Chekhov)

러시아의 소설가이자 극작가. 1860년 러시아의 항구 도시 타간로크에서 태어났다. 「카멜레온」 「관리의 죽음」 「하사관 프리시베예프」 등 풍자와 유머가 뛰어난 단편소설을 남겼다. 1904년 44세의 젊은 나이에 세상을 떠났다.

✳ 읽기 전에 ✳

카멜레온은 기온이나 기분에 따라 피부에 반사되는 빛의 색을 바꾸는 특징이 있습니다. 춥거나 두려울 때는 빛을 많이 흡수하기 위해 어두운 녹색을 띠고, 더울 때는 빛을 많이 반사시키기 위해 밝은 녹색을 띤다고 합니다. 여기 외투를 벗었다 입었다 하는 경찰서장 오추멜로프가 있습니다. 그가 카멜레온같이 이랬다저랬다 하면서 결정을 번복하는 이유는 무엇일까요? 작가는 이렇게 인물을 우스꽝스럽게 희화화하여 무엇을 비판하고 싶었을까요?

새 외투를 입은 경찰서장 오추멜로프가 한 손에는 꾸러미를 쥔 채 시장의 광장을 가로질러 걸어가고 있다. 불그스레한 머리칼의 순경이 압수된 구스베리 열매들로 꽉 찬 소쿠리를 들고 그의 뒤를 따르고 있다. 주변은 적막하고 시장 광장에는 사람이라고는 눈에 띄지 않는다……. 상점과 선술집*의 열린 문들은 마치 굶주린 주둥이들처럼 이 세상을 바라보고 있다. 그 주변에는 거지들조차 얼씬거리지 않는다. 그런데 갑자기 오추멜로프의 귀에 이런 소리가 들린다.

"이 망할 놈아, 네놈이 날 물었다는 거냐? 이보게들, 이놈을 도망가지 못하게 해! 요새는 개가 사람을 물면 안 되게 되어 있어! 좀 잡고 있어! 아이고…… 이런!"

깨갱거리는 개의 비명 소리가 들린다. 오추멜로프가 그쪽을 돌아보니 상인 피추긴의 목재 창고에서 개 한 마리가 다리 세 개로 펄쩍거리다가 튀어나온 후 주위를 두리번거리며 도망가는 것이 보인다. 풀 먹인 러시아식 옥양목* 셔츠를 입은 어떤

* **선술집** 술청 앞에 선 채로 간단하게 술을 마실 수 있는 술집.

남자가 조끼에 단추도 채우지 않은 채 그 개를 뒤쫓는다. 개를 따라잡은 그는 땅바닥으로 몸을 날려 개의 뒷다리를 움켜잡는다. 깨갱거리는 개의 비명 소리와 "도망가지 못하게 해!"라는 고함 소리가 다시 들린다. 여기저기 상점들에서 졸린 표정의 사람들이 얼굴을 내밀더니 곧이어 마치 땅에서라도 솟아난 듯이 목재 창고 주변에 군중*이 모여든다.

"서장님, 온통 엉망입니다!"

순경이 말한다.

오추멜로프는 왼쪽으로 몸을 슬쩍 돌리더니 군중 쪽으로 걸음을 옮긴다. 목재 창고의 문 바로 앞까지 와 보니, 위에 언급한 조끼를 풀어 헤친 사람이 오른손을 들어 피가 흐르는 자신의 손가락을 군중에게 가리켜 보여 주고 있는 것이 보인다. 반쯤 술에 취한 그의 얼굴은 '이 나쁜 놈아, 이제 대가를 치르게 해 주마!'라고 말하고 있는 듯하고, 치켜든 손가락은 승리의 깃발 같은 느낌을 준다.

오추멜로프는 이 남자가 금(金)세공사*인 흐류킨이라는 것을 알아본다. 이 소동을 일으킨 장본인인 개는 군중 가운데서 앞다리를 펼친 채 온몸을 떨며 땅바닥에 주저앉아 있다. 주둥이가 날카롭고 등에는 누런 점이 있는 흰색 보르조이종(種)의

* **옥양목** 발이 고운 무명의 하나. 빛이 희고 얇다.
* **군중** 수많은 사람. 한곳에 모인 많은 사람.
* **금세공사** 금을 정밀하게 가공하여 물건을 만드는 일을 전문적으로 하는 사람.

강아지다. 눈물이 맺힌 강아지의 눈에서는 슬픔과 공포가 묻어 나오고 있다.

오추멜로프가 군중을 헤치고 들어가면서 묻는다.

"대체 여긴 무슨 일이야? 그리고 자넨 여기서 뭘 하고 있는 건가? 손가락은 또 왜 그래? …… 그리고 소리를 지른 자는 누군가?"

흐류킨이 주먹으로 입을 가리고 기침하며 대답한다.

"서장님, 저는 아무도 건드리지 않고 걷고 있었고 그냥 목재에 대해 미트리 미트리치와 얘기를 나누고 있었을 뿐인데, 이 망할 놈이 갑자기 아무 까닭 없이 제 손가락을 물지 뭡니까……. 죄송합니다만, 저는 일을 해야 하는 사람이고…… 저의 일은 섬세한 것을 다루는 작업입니다. 그러니 제가 보상을 청구하도록 해 주십시오. 이런 손가락으로는 아마 한 주 동안은 아무것도 할 수 없을 테니까요……. 서장님, 짐승이 한 일이니까 참아 넘겨야 한다고 법에 쓰여 있는 건 아니지 않습니까……. 만일에 누구나 개에 물리는 세상이 된다면, 그런 세상에는 살지 않는 게 차라리 낫습니다……."

"흐음…… 그건 맞는 말이지."

헛기침을 하고 눈썹을 치켜올리며 오추멜로프가 엄격한 어조로 말한다.

"맞는 말이야……. 그런데 이건 누구의 개지? 이 일은 그냥 넘어가선 안 되겠군. 개를 아무렇게나 풀어놓으면 어떻게 되는지 보여 주겠어! 이젠 규정을 지키려고 하지 않으면서 신사인 척하기만 하는 자들도 눈여겨보아야 할 때가 됐어! 이 뻔뻔한 개 주인 놈에게 벌금을 부과한다면 내가 다스리는 이 고장에서 개나 가축을 방치하는* 게 어떤 결과를 가져오는지 그놈도 알게 될 거야. 아주 혼쭐을 내주겠어!"

서장이 순경에게 말한다.

"이봐, 옐디린, 누구 개인지 알아보고 보고서를 써 오게! 그리고 개는 죽여. 즉시 말이야!…… 미친 개일 것이 분명하니까……. 그런데 대체 누구 집의 개일까?"

"지갈로프 장군 댁의 개 같습니다!"

군중 속의 누군가가 외친다.

"지갈로프 장군이라고? 흐음……! 이봐 옐디린, 내 외투를 벗겨 주게……. 정말 끔찍이도 무덥구먼. 좀 있으면 비가 내릴 게 분명해."

그런 후 서장이 흐류킨에게 말을 건다.

"그런데 한 가지 이해가 안 되는 게 있어. 어떻게 이 개가 자네를 깨물 수 있었을까? 정말 이 개가 자네 손가락 높이까지 닿을 수 있을까? 이 개는 작지만 자네는 키도 크고 체격도 우람하잖아! 못질을 하다가 자네 스스로 손가락에 상처를 냈는데 그걸 이 개한테 덮어씌우려 했던 게 틀림없어. 자네는……

* **방치하다** 돌보거나 간섭하지 않고 그대로 두다.

이런 일로 이 근방에서 유명하잖아! 그런 행동을 하는 자들은 정말 악마 같은 놈들이야!"

"서장님, 저놈이 재미 삼아 개의 얼굴에 담뱃불을 들이댄 걸 겁니다. 그러니 개도 바보가 아닌 이상 손가락을 깨물었을 거고요. 정말 황당한 놈입니다, 서장님."

"야, 너 눈깔이 삐어서 거짓말을 하는구나! 보지도 못해 놓고 거짓말을 하는 이유가 뭐야? 현명하신 서장님, 누가 거짓말을 하고 있고 누가 하나님 앞에서처럼 양심적으로 말하고 있는지는 사람들이 다 압니다……. 만일 제가 거짓말을 하고 있다고 생각하신다면 법정에서 판결을 받게 해 주십시오. 법에 쓰여 있는 대로만 하면 됩니다. 지금은 모두가 평등한 세상이니까요……. 저한테도 헌병대*에서 근무하는 형님이 있는데요……. 혹시 그게 누구인지 알고 싶으시다면……."

"뭔 놈의 판결을 받겠다는 거야!"

그때 깊이 생각한 표정으로 순경이 한마디 한다.

"서장님, 이건 장군님 개가 아니에요. 장군님 댁에 이런 개는 없습니다. 그분이 키우는 건 이보다 훨씬 더 큰 사냥개들입니다……."

"확실히 알고 말하는 건가?"

"물론입니다, 서장님."

* **헌병대** 군대 내에서 질서, 규율 등 군사 경찰 업무를 담당하는 군 조직.

"나도 그렇게 알고 있어. 장군님 댁 개들이야 혈통*이 분명한 값비싼 개들이지. 하지만 이 개는 족보도 없는 똥개잖아. 털도 다 빠져 있고 모양새도 볼품없는 것이 흉측하기 짝이 없구먼……. 이따위 개를 장군님이 키우신다고? 그게 말이 되는 소린가? 이런 개가 페테르부르크나 모스크바에서 걸려들었다면 어떻게 되었을 것 같나? 법조문을 살피지도 않고 즉시 죽여 버렸을 거야! 어쨌든 흐류킨, 자네 참 고생했네. 이 일은 이대로 그냥 넘어가선 안 되겠어……. 따끔한 맛을 보여 줘야 한다는 말이지! 지금이 어떤 세상인데……."

"그런데 어쩌면 장군님 댁 개 같기도 합니다만……."

순경이 다시 중얼거리듯 말한다.

"개 낯짝에 누구의 개라고 쓰여 있지는 않지만…… 일전*에 이런 개를 장군님 댁 마당에서 보긴 했습니다."

"확실히 장군님 댁 개예요!"

군중 속의 누군가가 외친다.

"흐음! 이보게 옐디린, 나한테 외투를 입혀 주게……. 바람이 불기 시작했나, 왜 이렇게 몸이 오싹하지……. 그리고 이 개는 자네가 장군님 댁으로 가져다 드리고 그 댁의 개인지 확인해 보게나. 내가 발견해서 보낸 거라고도 말씀드려……. 그리

* **혈통** 같은 핏줄로 이어지는 계통.
* **일전** 며칠 전.

고 개를 거리에 내보내지 마시라고도 말씀드리게……. 아마 비싼 개일 텐데, 만일 온갖 떨거지 같은 놈들이 개 콧구멍에 담뱃재라도 쑤셔 넣으면 개가 중병에 걸릴 수도 있으니 말이야. 개는 섬세한 동물이란 말일세……. 그리고 어이 멍청이, 그 손 내려! 그 바보 같은 손가락을 보란 듯 뽐낼 필요는 전혀 없어! 이건 자네 자신의 잘못이니까!"

"장군님 댁 요리사가 오고 있네요. 저 사람에게 물어보도록 하죠……. 어이, 프로호르! 자네 이리 좀 와 봐! 이 개를 좀 보게……. 이거 장군님 댁 개인가?"

"거 무슨 말씀을! 장군님 댁에선 이런 개를 키운 적이 전혀 없어요!"

"그럼 더 이상 물어볼 필요가 없겠군."

서장이 말한다.

"이 개는 떠돌이 개야. 이 문제로 더 이상 이러쿵저러쿵 할 필요 없어……. 장군님 댁에서 키우지 않는 개라고 하는 걸 보니 떠돌이 개임에 틀림없어. 죽여 버리면 끝날 일이야."

그때 요리사가 말을 이어 간다.

"이건 장군님이 키우는 개가 아니라, 얼마 전에 방문차* 와서 머물고 계신 장군님의 형님이 키우시는 개네요. 장군님은 보르조이종은 좋아하시지 않지만, 형님께서는 좋아하셔서……."

* **-차** '어떤 일을 하려는 목적으로'의 뜻을 나타내는 접미사.

"아니, 장군님 형님께서 오셨다는 말인가? 블라디미르 이바니치께서 말이지?"

물어보는 오추멜로프의 얼굴 전체에 감격의 미소가 번져 나간다.

"아이고, 이런! 그런데도 난 까맣게 몰랐군! 손님으로 오신 건가?"

"그렇습니다."

"아이고, 이런……. 동생이 많이 보고 싶어서 오신 모양이군. 난 오신 줄 정말 몰랐네! 그리고 이건 그분 개라는 말이지? 정말 기쁘군. 개를 데리고 가게. 이 개는 아주 괜찮은 녀석이야. 아주 민첩하단* 말이지. 이자의 손가락을 물었다네! 하하하……. 아니 프로호르, 자네 왜 떨고 있나? 개가 으르렁거리는군, 이 영악한 녀석이 화가 난 모양이야……. 참 귀여운 강아지일세……."

프로호르는 개를 부르더니 개를 데리고 목재 창고를 떠난다……. 군중이 흐류킨을 향해 깔깔댄다.

"네놈은 나중에 꼭 혼쭐을 내 주겠어!"

오추멜로프는 흐류킨을 위협하는 말을 던지더니 외투로 몸을 감싸고는 시장 광장을 따라 원래 가던 길을 간다.

[백준현 옮김]

* 민첩하다 재빠르고 날쌔다.

1. 경찰서장 오추멜로프는 '개의 주인이 누구인가'에 따라 전혀 다른 판결을 한다. 작품의 내용을 떠올리며 판결 내용을 정리해 보자.

지갈로프 장군이 개의 주인인 경우	지갈로프 장군이 개의 주인이 아닌 경우

2. 이 소설의 제목 '카멜레온'은 '경찰서장 오추멜로프'를 비유한 표현이다. 아래 글을 참고해 오추멜로프가 치안을 책임지는 경찰서장으로서 자격이 있는지 판단하고 그 이유를 적어 보자.

> 카멜레온은 기온이나 기분에 따라 몸의 색이 달라진다. 안톤 체호프의 소설 「카멜레온」에 등장하는 경찰서장 오추멜로프는 개의 주인이 권력을 가졌는지 아닌지에 따라 피해자와 가해자가 뒤집히는 판결을 한다.

오추멜로프는 주민들의 치안을 맡은 책임자로서 자격이 (있다 / 없다.)

왜냐하면

3. < 보기 >의 단어를 활용하여 작가가 말하고 싶은 주제를 서술해 보자.

보기 ▶	희화화	19세기 러시아 관료들	권력

안톤 체호프는

풍자하고 비판한다.

4. 다음 사건에 대해 재판을 진행하려고 한다. 여러분이 만약 배심원으로 재판에 참여했다면 어떤 판결을 내릴지 생각해 보고, '동물보호법'을 참고하여 흐류킨 또는 개의 주인에게 적절한 과태료(1만 원~100만 원) 처분을 내려 보자. 그리고 그렇게 판결한 이유도 적어 보자.

사건 접수 보고서

- 개요: 개가 흐류킨의 손가락을 물어 피가 남.
- 발생 장소: 상인 피추긴의 목재 창고.
- 흐류킨의 상태: 술에 취해 조끼를 풀어 헤친 상태. 개에 물려 오른손에 피가 남.
- 개의 상태: 주인이 누구인지 알 수 없음. 흰색 보르조이종의 강아지. 눈물이 맺힌 눈에서는 슬픔과 공포가 묻어 나오고 있음.
- 사건 접수인 주장: 아무 까닭 없이 개가 오른손 손가락을 물어, 한 주 동안 일할 수 없으므로 개의 주인에게 손해 보상을 청구함.

동물보호법

제10조(동물학대 등의 금지)

② 누구든지 동물에 대하여 다음 각 호의 행위를 하여서는 아니 된다.

1. 도구·약물 등 물리적·화학적 방법을 사용하여 상해를 입히는 행위.
2. 살아 있는 상태에서 동물의 몸을 손상하거나 체액을 채취하거나 체액을 채취하기 위한 장치를 설치하는 행위.
3. 도박·광고·오락·유흥 등의 목적으로 동물에게 상해를 입히는 행위.

제16조(등록대상동물의 관리 등)

① 등록대상동물의 소유자 등은 소유자 등이 없이 등록대상동물을 기르는 곳에서 벗어나지 아니하도록 관리하여야 한다.

- 처분 대상: 흐류킨 / 개의 주인
- 과태료: 만 원
- 이유:

지필고사
논술형
예상 문제

1. <보기>를 참고하여 「내가 그린 히말라야시다 그림」의 (가)와 이를 다른 시점으로 바꾸어 서술한 (나)를 비교하고, 차이점을 위주로 하여 서술상 특징을 논술하시오. (10점)

*15~45면 참고

< 보기 >

인물이나 사건을 바라보고 이야기를 전달하는 서술자의 위치에 따라 소설 속에 '나'로 직접 등장하는 1인칭 시점과 직접 등장하지 않는 3인칭 시점으로 나눈다. 1인칭 시점의 '나'는 다른 사람의 내면은 알지 못한다. 3인칭 중에는 인물의 심리는 모른 채 전달하는 '관찰자 시점'과 인물의 심리를 꿰뚫어 보는 '전지적 작가 시점'이 있다.

(가)

그런데 그 그림은 내가 그린 그림이 아니었어. 풍경은 내가 그린 것과 비슷했지만 절대로, 절대로 내가 그린 그림이 아니야. (중략) 나는 가슴이 찢어질 것 같은 통증을 느끼면서 강당을 걸어 나왔어. 열 걸음쯤 떼었을 때 강당 문으로 어떤 여자아이가 걸어 들어왔어. 자주색 원피스를 입고 있었어. 검정색 에나멜 구두를 신고 있었지. 나는 그 여자아이를 지나칠 때 눈을 감았어. 눈을 감은 채 열 걸음쯤 걸어가서 다시 눈을 떴어.

내가 주 선생님을 찾아가서 말해야 했을까. (중략) 그 뒤부터 나는 늘 나를 의심하면서 살았어.

(나)

그림을 본 순간 소년은 소스라치게 놀랐다. 풍경은 비슷했지만 소년의 것이 아니었다. (중략) 갑자기 가슴에 통증을 느낀 소년은 걸음을 옮겼다. 바로 그때 자주색 원피스를 입고 검정색 에나멜 구두를 신은 소녀가 강당 문으로 걸어 들어왔다. 바로 장원 그림을 그린 소녀였다. 소년은 눈을 질끈 감고 소녀를 지나쳤다.

눈을 감고 걸어가는 소년과 어깨를 스칠 때 소녀는 숨을 참았다. 가난의 냄새가 지독하던 소년을 알아보았기 때문이다. 잠시 후 소녀는 소년이 왜 좌절한 표정으로 도망치듯이 강당을 빠져나갔는지 알 수 있었다. 소녀는 자신이 그린 그림을 흐뭇하게 바라보며 생각했다.

'주 선생님을 찾아가서 말해야 하나? 아니야, 사실을 밝히려면 실수를 먼저 인정해야 하는데, 괜히 귀찮아지기만 하고 스트레스를 받을 필요 없잖아. 화가가 될 것도 아닌데, 뭐.' 소녀는 이 사건을 잊고 살았다.

2. 「사랑손님과 어머니」의 일부인 (가)를 옥희 외할머니의 시점으로 바꾸어 서술한 것이 (나)이다. (가)의 서술자인 '옥희'의 특성에 대해 설명하고 (나)의 서술자인 '옥희 할머니'와 비교했을 때 얻을 수 있는 효과를 논술하시오. (10점)

*51~90면 참고

(가)

그날 예배는 아주 젬병이었어요. 웬일인지 예배 다 끝날 때까지 어머니는 성이 나서 강대만 향하야 앞으로 바라보고 앉었고, 이전 모양으로 가끔 나를 내려다보고 웃는 일이 없었어요. 그리고 아저씨를 보려고 남자석을 바라다보아도 아저씨도 한 번도 바라다보아 주지도 않고 성이 나서 앉어 있고, 어머니는 나를 보지도 않고 공연히 꽉꽉 잡어당기지요. 왜 모두들 그리 성이 났는지! 나는 그만 으아 하고 한번 울고 싶었어요.

(나)

예배당에 좀 늦게 도착하는 바람에 뒷자리에 앉았다. 옥희네 집에 하숙 들어온 사랑손님이 두리번거리다가 옥희랑 눈이 마주치자 얼굴이 붉어졌다. 옥희가 사랑손님이 왔다고 말했는지 옥희 어미는 평소답지 않게 얼굴이 붉어진다. 둘 다 앞만 쳐다보고 있는 꼴이라니. 보아하니 둘이 서로 마음이 있는 것 같다. 우리 딸은 이제 겨우 스물 넷이다. 이번 참에 사랑손님이랑 좋은 인연이 되면 딱 좋겠다. 늙은 내가 언제까지 옥희 어미 옆에 있어 줄 수도 없지 않겠는가. 아이 하나 없이 아내와 사별한 사랑손님이 마침 우리 옥희를 엄청 예뻐하는 것 같다.

3. 소설의 마지막 장면에서 모은이는 '창가 앞에서 두 번째 자리'에 앉고 서랍에서 '두툼하게 묶은 공책'을 꺼낸다. 이 행동이 어떤 의미를 담고 있는지 구체적 근거를 들어 논술하시오. (10점)

*97~111면 참고

4. 「코르니유 영감님의 비밀」에는 산업 혁명으로 인해 사라져 가는 풍차 방앗간을 끝까지 지키려는 코르니유 영감의 이야기가 나온다. 영감이 비밀스럽게 풍차를 돌려야 했던 이유와, 이를 통해 이 작품이 우리에게 전달하려는 메시지는 무엇인지에 대해 논술하시오. (10점)

*117~127면 참고

5. 「웬만해선 죽지 않아!」의 장어 가족과 류이 가족이 슈퍼 달팽이를 대하는 태도의 차이점을 다음의 조건에 맞추어 설명하고, 이 소설의 풍자 내용과 그 효과를 논술하시오. (10점)

*135~151면 참고

조건

(1) 장어 가족과 류이 가족이 슈퍼 달팽이를 대하는 태도의 차이점을 쓸 것.

(2) 풍자하고자 하는 대상의 어떤 점을 어떻게 풍자하고 있는지 쓸 것.

(3) 풍자의 효과를 쓸 것.

6. 「수난이대」에서 제목 '수난이대'는 어떤 뜻인지 두 인물이 겪은 일을 바탕으로 풀이하고, 아래 본문 중에서 한 단어 이상을 활용하여 그들이 삶을 대하는 태도를 논술하시오. (10점)

*157~178면 참고

"업고 건느면 일이 다 되는 거 아니가. 자아, 이거 받아라."

고등어 묶음을 진수 앞으로 내민다.

(중략) 만도는 아직 술기가 약간 있었으나, 용케 몸을 가누며 아들을 업고 외나무다리를 조심조심 건너가는 것이었다.

7. 「양반전」에 나오는 1차, 2차 양반 매매 증서를 통해 풍자된 양반의 모습을 바탕으로, 이 작품이 오늘날 우리 사회에 주는 교훈에 대해 논술하시오. (10점)

*185~194면 참고

8. 소설 「카멜레온」과 다음의 사설시조는 공통적인 태도를 가진 두 인물(오추멜로프, 두꺼비)을 풍자하고 비판한 작품이다. 이들은 각각 어떤 태도를 보이는지 작품의 내용을 논거로 들어 설명하시오. (10점) *199~206면 참고

두터비 파리를 물고

두터비 파리를 물고 두엄 위에 치달아 앉아

건넛산 바라보니 백송골이 떠 있거늘 가슴이 끔찍하여 풀떡 뛰어 내닫다가 두엄 아래 자빠졌구나

모쳐라 날랜 나이니 망정이지 어혈 질 뻔했구나

현대어 풀이

두꺼비가 파리를 입에 물고 똥거름 위에 뛰어올라 앉아서

건너편 산을 바라보니 흰매가 떠 있다. (매에게 잡아먹힐까 놀란 두꺼비의) 가슴이 끔찍하여 풀떡 뛰어 내달리다가 똥거름 아래로 자빠졌구나.

"마침, 날쌘 나니까 괜찮지, (다른 이였으면 도망치다가) 피멍 들었겠다."

조건

1. 각 인물마다 한 문장씩 작성할 것.
2. '(a)로 보아 (b)는 (c)한 태도를 갖고 있다.'의 문장 형태로 작성할 것.

* (a) 작품 내용, (b) 부정적인 인물, (c) 공통적인 태도.

1. 「내가 그린 히말라야시다 그림」

• 예시 답안

(가)는 서술자의 위치가 소설 속에 '나'로 직접 등장하는 1인칭 시점을 취한다. '나'의 심리는 전달하지만, 그림을 그린 여자아이가 왜 상황을 바로잡지 않았는지 이유를 알 수 없다. (나)는 서술자가 작품에 직접 등장하지 않는 3인칭 시점을 취한다. 서술자가 소년, 소녀의 심리를 다 꿰뚫어 보는 전지적 작가 시점으로 이야기를 전달하고 있기 때문에 사건의 진실에 대해 다 알 수 있다.

• 채점 기준

평가 요소	세부 기준	점수
1. (가)와 (나)의 서술자의 위치 이해	(가)의 서술자는 작품 내부에 등장하지만 (나)의 서술자는 작품에 등장하지 않음을 짚음.	3점
2. (가)의 서술상 특징 이해	1인칭 '나'는 자신의 심리는 전달하지만 여자아이의 심리를 전달할 수 없음을 이해.	3점
3. (나)의 서술상 특징 이해	인물의 심리를 꿰뚫어 보는 전지적 작가 시점으로 서술하기 때문에 소녀가 상황을 바로잡지 않은 이유를 전달함을 짚음.	4점
총점		10점

2. 「사랑손님과 어머니」

• 예시 답안

(가)의 서술자 옥희는 여섯 살 어린아이로 천진난만하고 순수하다. (나)의 서술자인 할머니와 다르게 어머니와 아저씨가 보이는 행동의 의미를 제대로 파악하지 못해 화가 난 것으로 이해한다. 이를 통해 독자에게 웃음을 유발하는 동시에 성인 남녀의 관심과 사랑을 순수하게 전달하는 효과를 낸다.

- **채점 기준**

평가 요소	세부 기준	점수
1. (나)와 비교했을 때 (가) 서술자의 차이 확인	어린아이 서술자임을 짚음.	2점
2. 어린아이 서술자의 특성 설명	천진난만하고 순수하게 아저씨와 어머니를 관찰하기에 그들의 속마음을 정확히 이해하지 못하는 특성을 설명.	4점
3. 작품에 미치는 효과 논술	웃음 유발, 남녀의 사랑(호감)을 순수한 느낌으로 전달함을 이해.	4점
총점		10점

3.「창가 앞에서 두 번째 자리」

- **예시 답안**

모은이가 창가 앞에서 두 번째 자리에 앉은 것은 혼자가 된 외로움을 숨기지 않고 받아들이겠다는 태도이자, 그 자리를 통해 애나와의 추억을 이어 가려는 선택이다. 또한 서랍 속 두툼한 공책을 꺼낸 것은 애나의 글쓰기를 이어받아 스스로의 이야기를 써 나가려는 의지를 보여 준다. 즉, 이 장면은 모은이가 더 이상 소극적으로 숨어 지내지 않고 자기 삶을 주체적으로 살아가려는 결심이자 성장한 모습을 상징한다.

- **채점 기준**

평가 요소	세부 기준	점수
1. 장면 이해	장면의 의미를 정확히 제시함.	5점
2. 근거 제시	작품 속 사건이나 인물을 활용하여 설명함.	5점
총점		10점

4.「코르니유 영감님의 비밀」

- 예시 답안

코르니유 영감은 일이 끊겼다는 사실을 인정하지 못하고, 체면을 지키려고 일부러 몰래 자기 집에 있는 백토를 풍차로 운반하며 여전히 제분소가 돌아가는 척 연극을 한다. 그는 사람들의 신뢰와 자신의 자존심을 지키고 싶었던 것이다.

우리는 인공지능(AI)과 첨단 기술이 빠르게 발전하는 시대에 살고 있다. 코르니유 영감의 풍차가 증기 방앗간에 밀렸듯, 수많은 전통적인 직업과 가치가 사라질 위기에 처해 있다. 이 작품은 우리에게 새로운 변화를 받아들이되, 옛것이 가진 진정한 가치를 잊지 말아야 한다는 메시지를 전달한다. 또한, 남들의 시선이나 사회의 흐름에 휩쓸리지 않고, 자신만의 소중한 가치를 지켜 나가는 주체적인 삶의 태도가 얼마나 중요한지를 보여 준다. 우리는 코르니유 영감의 이야기에서 효율성만 중시하는 현대 사회가 놓치고 있는 인간적인 따뜻함과 진정한 삶의 의미를 되새겨 볼 수 있다.

- 채점 기준

평가 요소	세부 기준	점수
1. 비밀 행동의 이유 설명	코르니유 영감이 풍차를 몰래 돌린 이유(자존심, 직업적 자부심, 체면 등)를 구체적으로 제시함.	3점
2. 작품의 주제 및 메시지 도출	이야기 전개를 바탕으로 전통의 가치, 진정한 일의 의미, 변화에 대한 태도 등을 제시함.	3점
3. 현대와 연결해 의미 확장	작품 속 상황을 오늘날의 현실과 연결해 의미를 확장해 제시함.	4점
총점		10점

5.「웬만해선 죽지 않아!」

- 예시 답안

장어 가족은 슈퍼 달팽이를 자신들의 이익을 위해 희생시키려 한다. 류이 가족은 슈퍼 달팽이를 존중해 주며 함께 공존하려 한다. 이 소설에서는 자신들의 생명을 연장하기 위해 수단을 가리지 않고 탐욕스럽게 행동하는 장어 가족의 부정적인 면을 우스꽝스러운 모습으로 그려 에둘러 풍자하고 있다. 이러한 풍자는 읽는 이에게 웃음을 유발하고 대상을 비판적으로 바라볼 수 있게 한다.

- **채점 기준**

평가 요소	세부 기준	점수
1. 내용 이해	장어 가족과 류이 가족이 슈퍼 달팽이를 대하는 태도의 차이점을 분명하게 밝힘.	4점
2. 풍자 내용과 방법 설명	풍자하고자 하는 내용과 사용한 풍자 방법을 밝힘.	2점
3. 풍자 효과 논술	웃음 유발, 작품을 읽는 재미, 대상을 비판적으로 바라보게 하는 풍자의 효과를 밝힘.	4점
총점		10점

6.「수난이대」

- **예시 답안**

아버지 만도는 태평양 전쟁에서 왼팔을 잃고, 아들 진수는 한국 전쟁에서 다리 한쪽을 잃었다.「수난이대」라는 제목은 아버지와 아들, 즉 이대에 걸쳐 전쟁에서 큰 부상을 입고 고통을 받는다는 의미이다.
만도가 들고 있던 고등어 묶음은 두 손이 자유로운 진수가 들고 대신 두 다리가 자유로운 만도는 진수를 업고 외나무다리를 건너는 것으로 보아 장애물이 나타날 때마다 서로의 손발이 되어 주고 협력하며 고난을 극복해 나갈 것으로 예상된다.

- **채점 기준**

평가 요소	세부 기준	점수
1. 제목 풀이	'수난이대'의 의미(두 세대의 고난)를 정확히 해석함.	3점
2. 인물 설명	아버지와 아들이 겪은 전쟁 후의 고통을 구체적으로 제시함.	3점
3. 제시문 활용	제시문 속 표현을 근거로 인용함.	2점

4. 삶의 태도 해석	인물의 태도를 협력, 협조 등의 키워드를 활용해 긍정적으로 분석하고 타당하게 설명함.	2점
총점		10점

7.「양반전」

- **예시 답안**

「양반전」에서 1차 매매 증서는 양반이 지켜야 할 의무와 규범, 생활 태도를 적은 것으로 생산적인 활동은 멀리하고 형식적인 체면만 중시하며 허례허식에 얽매인 양반의 모습을 풍자하고 있다. 2차 매매 증서는 양반이 누릴 수 있는 특권을 적은 것으로 횡포를 일삼고, 부당한 특권을 행사하는 양반의 부도덕한 모습을 풍자하고 있다. 이러한 모습은 오늘날 실력이나 책임 없이 권력이나 지위를 이용해 이익을 누리는 일부 고위층과 닮아 있다. 「양반전」은 권위는 외형이 아니라 실질에 달려 있으며, 권력을 가진 자는 책임감과 도덕성을 갖춰야 함을 교훈으로 전한다.

- **채점 기준**

평가 요소	세부 기준	점수
1. 작품 내용 이해	1차 양반 매매 증서와 2차 양반 매매 증서 각각에 드러난 풍자의 의미를 정확히 서술함.	4점
2. 현대 사회와의 연결	오늘날 특권층의 권력 남용, 허례허식, 비생산성, 비도덕성, 무능, 부패, 책임감 없는 모습 등과 적절히 연결함.	3점
3. 교훈 도출	도덕성, 책임, 공정함 등 교훈을 명확히 제시함.	3점
총점		10점

8.「카멜레온」

- **예시 답안**

권력을 가진 장군의 개인가 아닌가에 따라 판결을 다르게 하는 것으로 보아 오추멜로프 경찰서장은 권력자에게 약한 태도를 갖고 있다.

매가 멀리 떠 있는 것을 보고 놀라 자빠지는 것으로 보아 두꺼비도 강자에게 약한 태도를 갖고 있다.

- **채점 기준**

평가 요소	세부 기준	점수
1. 논거 활용	작품의 핵심 인물인 경찰서장과 두꺼비가 상황에 따라 행동이나 태도가 달라지는 것을 논거로 활용함.	4점
2. 인물 제시	부정적 인물을 제시함.	2점
3. 공통적인 태도 유추	권력이나 강자에게 비굴한 태도를 갖는 공통점을 유추하여 분석함.	4점
총점		10점

작품 출처

김민령	「창가 앞에서 두 번째 자리」, 『누군가의 마음』, 창비 2017.
박루아	「웬만해선 죽지 않아!」, 『나의 슈퍼걸』, 출판놀이 2019.
박지원	「양반전」, 『양반전 외』, 박지원·이옥 원작, 장철문 글, 창비 2004.
성석제	「내가 그린 히말라야시다 그림」, 『내가 그린 히말라야시다 그림』, 창비 2017.
주요섭	「사랑손님과 어머니」, 『20세기 한국소설 9』, 창비 2005.
하근찬	「수난이대」, 『하근찬 선집』, 현대문학 2011.
안톤 체호프	「카멜레온」, 『체홉 명작 단편선 2』, 백준현 옮김, 작가와비평 2021.
알퐁스 도데	「코르니유 영감님의 비밀」, 『알퐁스 도데 단편집』, 진형준 옮김, 살림 2021.

수록 교과서 보기

지은이	작품명	수록 교과서
김민령	창가 앞에서 두 번째 짜리	교과서 밖의 소설
박루아	웬만해선 죽지 않아!	천재(정호웅) 2-1
박지원	양반전	동아(남궁민) 2-2, 미래엔(신유식) 2-2, 비상(박영민) 2-1, 지학사(서혁) 2-2, 천재(노미숙) 2-1, 해냄에듀(강양희) 2-1
성석제	내가 그린 히말라야시다 그림	미래엔(민병곤) 2-1, 비상(박영민) 2-1
주요섭	사랑손님과 어머니	천재(노미숙) 2-1
하근찬	수난이대	미래엔(민병곤) 2-2, 비상(박영민) 2-2, 천재(노미숙) 2-2, 해냄에듀(강양희) 2-2
안톤 체호프	카멜레온	미래엔(신유식) 2-2
알퐁스 도데	코르니유 영감님의 비밀	천재(정호웅) 2-1